Tascabili Economici Newton

100 pagine 1000 lire

104

In copertina: Bart Bruyn il Vecchio, *La vanità rappresentata sul lato posteriore del ritratto di Jane-Loyse Tissier*

Titoli originali: *Wachsfigurenkabinett; Albino; Tschitrakarna, des vornehm Kamei; Das verdünstete Gehirn; Skt. Gingolph; Das Geheimnis des Schlosses Hathaway; Schopsglobin; Bal Macabre; Saturning; Die Pflanzen des Dr. Cinderella.*

Prima edizione: ottobre 1993
Tascabili Economici Newton
Divisione della Newton Compton Editori s.r.l.

Roma, Casella postale 6214

ISBN 88-7983-296-4

Stampato su carta Tambulky della Cartiera di Anjala
distribuita dalla Fennocarta s.r.l., Milano
Copertina stampata su cartoncino Fine Art Board
prodotto dalla Cartiera di Aanekoski

Gustav Meyrink

Racconti agghiaccianti

A cura di Gianni Pilo e Sebastiano Fusco

Edizione integrale

TEN

Tascabili Economici Newton

Il fantastico, l'orrore e l'esoterismo in Meyrink

Esoterismo e letteratura si intrecciano inestricabilmente nella vita dello scrittore austriaco Gustav Meyrink (il cui vero cognome era il più banale Meyer), nato a Vienna il 19 gennaio 1868 e morto a Starnberg, presso Monaco di Baviera, il 4 dicembre 1932. L'origine di tale intreccio venne narrato da lui stesso in un breve brano autobiografico intitolato Il mio risveglio alla veggenza, *composto all'inizio degli Anni Venti.*

Lo scrittore vi racconta che, fino al 1891, quindi ancora in età giovanissima, aveva avuto nella vita solo tre interessi: le donne, gli scacchi e il canottaggio. Colto da tedio esistenziale e oppresso da delusioni amorose, determinò ad un tratto di porre fine ai suoi giorni. Già aveva in pugno la rivoltella, quando il commesso di una libreria fece scivolare sotto la porta del suo studio un opuscolo. «Presi il fascicolo e cominciai a sfogliarlo. Contenuto: spiritismo, occultismo, stregoneria. Questi argomenti, che fino ad allora avevo conosciuto solo per sentito parlare, a tal segno risvegliarono il mio interesse, che riposi la rivoltella nel cassetto...», si legge nel suo scritto.

Ebbe inizio così una delle più singolari avventure nell'«altrove assoluto» che registri la storia della letteratura. Il provvidenziale interesse risvegliato da quell'ignoto opuscolo si trasformò presto in «un'ansia ardente di sapere, una sete struggente inesauribile» per tutto ciò che travalicava i limiti dell'esistenza comune.

Il giovane ex aspirante suicida si inoltrò così nel mare sconfinato dei libri d'occultismo e, come tanti altri prima e dopo di lui, vi si perse senza essere in grado di individuare alcun approdo sicuro. Constatato che «dai libri morti non si riesce a cavare alcuna esperienza viva», si mise dunque alla ricerca di qualcuno che potesse indicargli la giusta rotta. Anco-

ra, fu deluso: la frequentazione di scuole yoga, congreghe di occultisti e di gruppi spiritistici, accrebbe la sua confusione piuttosto che diradare le nebbie.

Poi, un giorno, si ricordò del consiglio di Sant'Agostino: Noli foras ire, in te ipsum redii: in interiore homine habitat veritas, *e cercò entro se stesso quella luce di infinito che invano era andato cercando nel mondo delle forme sensibili. Scoprì così che — vuoi per predestinazione, vuoi per le «tecniche del risveglio» conosciute attraverso le letture e le pratiche esoteriche — si era sviluppata in lui una vista interiore, una forma di preveggenza capace di far lume proprio su quell'universo sconosciuto rimasto fino ad allora impenetrabile.*

«Questo potere della visione», spiega ancora nel citato scritto autobiografico, «fu proprio la causa prima che mi fece diventare scrittore; gli inciampi esterni vennero superati man mano, e le idee che mi spinsero a scrivere storie fantastiche furono costantemente immagini, situazioni o figure apparse in visioni. Per esprimermi in breve, avevo imparato a pensare con immagini; e, inoltre, sia ricordato che spesso ebbi finanche visioni le quali, apertamente o simbolicamente, mi davano avvertimenti, consigli, insegnamenti.»

La sua vita ne risultò trasformata. Si ritirò dalle attività di finanza e commercio praticate fin'allora e, dal 1902, si dedicò in pratica a tempo pieno alla duplice e sovrapposta vita di ricercatore dell'Occulto e di narratore.

S'iniziò da lì anche la leggenda — crescente col successo dei suoi libri — del Meyrink «Mago», giunto in contatto, grazie al suo potere di visione occulta, con società segrete che effettivamente possedevano i misteri della sapienza esoterica. Società d'ogni tradizione e valenza, dal taoismo orientale all'ermetismo rosicruciano, dall'alchimia kabbalistica ai residui del misticismo guerresco dei Templari.

Si disse che, grazie a questi contatti, lo scrittore-iniziato avesse avuto in dono la facoltà di parlare con gli spiriti angelici, secondo il metodo insegnato dal mago inglese John Dee, astrologo della Regina Elisabetta I. Che nei vicoli del ghetto ebreo di Praga gli fosse stata rivelata dai discendenti di Rabbi Loew l'arte di creare il golem, *la creatura artificiale animata da una segreto spirito di vita, che obbedisce in tutto al suo creatore. Che i seguaci di un'occulta* Società di Thule *d'origi-*

ne iperborea gli avessero rivelato i misteri delle pratiche sciamaniche pre-ariane. Che emissari del Re del Mondo, giunti dalla segreta città di Agharta, perduta nel Deserto di Gobi, gli avessero spiegato la storia ignota dell'uomo e delle Razze anteriori — discese dalle stelle — che in epoche remote popolarono il nostro pianeta. Che da una consorteria di mistici tedeschi addestrati da eredi della tradizione alchemica cinese, avesse imparato il segreto della trasmutazione suprema: quella che consente all'adepto di superare i limiti della morte fisica trasferendo la propria coscienza dal corpo materiale ad un vascello di puro spirito, destinato alla vita eterna.

Di tutto ciò, Meyrink lasciò ampia traccia nella sua opera narrativa. Destinata, da quanto sovente ripeté egli stesso, non tanto semplicemente a raccontare, quanto piuttosto a rivelare in forma allegorica e romanzata le vie e i mezzi per raggiungere uno «stato» e una «conoscenza» d'ordine superiore: per quanto, almeno, il vincolo del segreto iniziatico gli consentiva di elucidare.

Tutti i suoi scritti (cinque romanzi e quattro raccolte di racconti) disegnano una specie d'immagine simbolica del cammino lungo la «via del risveglio»: l'itinerario, cioè, che percorre l'adepto per superare, in vita, la condizione umana, e riaccendere la scintilla divina presente in ciascuno di noi.

Nel romanzo Der Golem *(1915) — il suo primo e a giudizio unanime il più efficace — è già tracciata la tesi di fondo di Meyrink, che peraltro è quella di tutte le tradizioni iniziatiche d'Oriente e d'Occidente. La vita normale è «sonno»; ciò che noi chiamiamo «agire» e «imparare», altro non è che il frutto pressoché automatico di azioni meccaniche, che si dipanano sul piano strettamente materiale; chi limita se stesso a condursi su questo piano, si logora e consuma come fa un meccanismo, che alla fine si rompe, e rimane materia inerte. Invece, l'uomo «risvegliato» grazie alla sapienza esoterica, rompe il guscio dell'animalità e fa ascendere la sua coscienza fino ai piani superiori dell'essere; «sveglio» durante la vita, resterà tale anche dopo la morte fisica: sua, e soltanto sua, sarà l'eternità.*

Tutto ciò, Meyrink lo spiega ricorrendo a simboli tratti da tradizioni diverse: dalla Kabbalah alla teosofia di Madame Blavatsky, dalle dottrine ermetiche alla sapienza dei Veda, dal taoismo alla mistica tedesca pre-protestante. Questo impasto di sapienze differenti, amalgamato da una facilità narrativa non comune, e fatto lievitare da una fantasia sulfurea, grottesca, a tratti crudele, si conforma in opere di straordinaria originalità e suggestione.

L'intercomporsi di diverse dottrine nelle narrazioni di Meyrink è certamente alla radice del grande successo che arrise loro immediatamente. E non sfuggì alla critica più avvertita, né agli esperti di tradizioni iniziatiche.

Gershom Scholem, il massimo studioso contemporaneo delle dottrine kabbalistiche, nel suo saggio La Kabbalah e il suo simbolismo *(1960), dopo aver passato in rassegna la trattazione romanzata del tema del Golem da parte di autori come Jacob Grimm, Achim von Arnim e E. T. A. Hoffmann, scrive che Meyrink «supera di gran lunga tutti questi tentativi: qui tutto è trasformato con i risultati più fantastici e, ancor più, deformato. Sotto la facciata — concepita con effetti del tutto esotici e futuristici — del ghetto di Praga e di una presunta Kabbalah (che deve alla torbida mediazione della signora Blavatsky più di quanto le giovi), vengono presentate idee di redenzione piuttosto indiane che ebraiche. Ma, pur con tutto il suo disordine impuro e arruffato, il* Golem *di Meyrink è avvolto da un'atmosfera inimitabile, dove elementi di incontrollabile profondità, e anzi di grandezza, si uniscono a un raro senso della ciarlataneria mistica e ad una singolare capacità di* épater le bourgeois.

Il Golem dello scrittore viennese — spiega ancora Scholem — è in parte la materializzazione collettiva del ghetto con tutti i torbidi residui dello spettrale, ed in parte il sosia del protagonista del libro, un artista che lotta per la propria redenzione e in essa purifica messianicamente la creatura nata da magia, ovvero il proprio Sé irredento. Insomma, giungere ad un tutt'uno col Golem, identificarsi in esso, significa simbolicamente acquisire la sapienza superiore che garantisce l'immortalità.

Questi concetti fondamentali, la «via del risveglio» e l'identificazione con una creatura dotata di poteri magici, sono alla base anche degli altri romanzi scritti da Meyrink: Das grüne Gesicht *(Il volto verde, 1916),* Walpurgisnacht *(La notte di Valpurga, 1917),* Der weisse Domenikaner *(Il domenica-*

no bianco, 1921), Der Engel vom westlicher Fenster *(L'angelo della finestra d'occidente, 1927). In essi si sviluppa la tesi secondo la quale ciascun essere umano non rappresenta un «io» autonomo, ma è la manifestazione, nell'arco di un'esistenza terrena, di un dio o un dèmone preesistente ed eterno. Il cammino della redenzione, ovvero della riunificazione all'«io superiore» vi è descritto in toni diversi, a volte terrificanti, a volte sereni: il che è conforme all'insegnamento esoterico, che prevede diverse vie, alcune placide, mistiche, lunari, altre fiammeggianti, atroci, ardenti come il sole.*

Nella prima fase della sua attività di narratore, Meyrink preferì rivolgersi non al romanzo, ma al racconto. Nell'arco di una decina d'anni, a partire dal 1902, ne scrisse tanti da poterne poi comporre quattro raccolte. Apparvero principalmente sulle pagine del Simplicissimus, *il famoso giornale satirico stampato a Monaco; in questa antologia, presentiamo i più tipici e significativi.*

Sono storie scritte in uno stile asciutto ed essenziale, nelle quali ogni parola è tesa ad un unico scopo: la rivelazione dell'orrore che fermenta al di sotto di ogni comportamento in apparenza normale, la suggestione che sotto ogni anormalità palese se ne nasconde una ancora più grande, più atroce, tale da sconfinare nell'inverosimile e nell'assurdo.

Il mondo delle apparenze vi è demolito, le forme quotidiane sono semplici mantelli che servono a celare il fantastico, il grottesco, il bizzarro.

Molte scuole esoteriche insegnano che il primo passo sulla via del risveglio consiste in un brusco scossone, uno shock *subitaneo e feroce che demolisce la placida animalità della carne per dar luogo a una brama ardente e insaziabile d'infinito. I racconti di Meyrink testimoniano quanto rude e crudele possa essere il principio del cammino che porta verso l'altrove assoluto, e quanto sorprendenti possano essere le figure che ci accompagneranno lungo la strada.*

GIANNI PILO / SEBASTIANO FUSCO

Bibliografia essenziale

LE OPERE

Das Wachsfigurenkabinett (1907)
Der Golem (1915)
Das grüne Gesicht (1916)
Walpurgisnacht (1917)
Der weisse Dominikaner (1921)
An der Grenze des Jenseits (1923)
Das Haus der Alchimisten (1926)
Der Engel von westlichen Fenster (1927)

TRADUZIONI ITALIANE

Il baraccone delle figure di cera, tr. anonima, Carabba, Lanciano 1920. Ripubblicato con il titolo *Racconti di cera*, «I Racconti dell'Occulto», vol. 6, Edizioni del Gattopardo, Roma 1972 e, con lo stesso titolo, nel 1978 ne «Le Pietre», vol. 1, La Bussola Editrice, Roma 1978.
Il Golem, tr. di E. Rocca, Franco Campitelli, Foligno 1926.
Il Golem (Capitolo v), in *Frankenstein & Company*, a cura di O. Volta, Sugar Editore, Milano 1965.
Il Golem, «Il Pesanervi», vol. 1, Bompiani, Milano 1966. Ripubblicato nei «Tascabili Bompiani», vol. 30, Bompiani, Milano 1977.
La faccia verde, «I Libri Misteriosi», vol. 5, Bemporad Editore, Firenze 1931. Ripubblicato in anastatica dalle Edizioni A. R., Padova 1971; nei «Mondi Alternativi», Akropolis, Napoli 1980; nelle «Edizioni del Graal», Roma 1980; ne «I Libri del Graal», Basaia Editore, Roma 1983.
La Notte di Valpurga, tr. di J. Evola, «I Romanzi Occulti», vol. 3, Fratelli Bocca Editori, Milano 1944. Ripubblicato ne «I Romanzi dell'Occulto», vol. 2, Edizioni del Gattopardo, Roma 1972 e, con lo stesso titolo, ne «Le Pietre», vol. 4, La Bussola Editrice, Roma 1979.
La Notte di Valpurga, tr. di M. Freschi, «Collezione Biblioteca», vol. 12, Edizioni Studio Tesi, Pordenone 1983.
Il Domenicano Bianco, tr. di J. Evola, «I Romanzi Occulti», vol. 2, Fratelli Bocca Editori, Milano 1944. Ripubblicato ne «I Romanzi dell'Occulto», vol. 1, Edizioni del Gattopardo, Roma 1972 e ne «Le Pietre», vol. 3, La Bussola Editrice, Roma 1978.
Alla frontiera dell'Aldilà, tr. di J. Evola, G. Rocco Editore, Napoli 1958. Ripubblicato in anastatica dalle Edizioni Rebis, Viareggio 1984.
L'angelo della finestra d'Occidente, tr. di J. Evola, «I Romanzi Occulti», vol. 10, Fratelli Bocca Editori, Milano 1949. Ripubblicato ne «I Romanzi dell'Occulto», vol. 3, Edizioni del Gattopardo, Roma 1972 e ne «I Libri del Graal», Basaia Editore, Roma 1983.
La casa dell'alchimista, tr. di P. Cammarinesi, «Edizioni del Graal», Roma 1981.
Il cardinale Napellus, tr. di E. Zilioli, «La Biblioteca di Babele», vol. 4, F. M. Ricci Editore, Parma 1976.
Il diagramma magico, tr. di P. Cammarinesi, «I Libri del Graal», Basaia Editore, Roma 1983.

La maschera di gesso

1.

«Ancora sessanta minuti a mezzanotte», disse Ariosto, levandosi di bocca il sottile cannello della pipa olandese.

«Quello là», e indicò sulla parete annerita dal fumo un oscuro ritratto, di cui a malapena si potevano ancora riconoscere i contorni, «quello là fu Gran Maestro esattamente cento anni fa, meno sessanta minuti.»

«E quando decadde il nostro Ordine? Voglio dire, quando degenerammo fino ad essere gli ubriaconi che siamo ora, Ariosto?», domandò una voce dalla densa nube di fumo che riempiva la piccola sala medioevale.

Ariosto si passò le dita sulla lunga barba bianca, facendole poi strisciare con aria incerta sul collare di pizzo della toga di velluto:

«Sarà stato negli ultimi decenni... forse... E poi, avvenne poco per volta».

«Hai messo il dito sopra una profonda pena del suo cuore, Fortunato», mormorò Baal Schem, l'Arcicensore dell'Ordine, in costume di rabbino medievale; e, uscendo dall'ombra del vano d'una finestra, si avvicinò presso la tavola a quello che aveva fatto la domanda. «Parla di qualcos'altro!»

Poi continuò ad alta voce: «E come si chiamava, al secolo, questo Gran Maestro?».

«Conte Ferdinando Paradies», rispose subito un altro giovane seduto accanto ad Ariosto, mostrando di avere una certa competenza sull'argomento. «Sì, i nomi di quel tempo erano famosi... e anche prima. I Conti Spork, Norberto Wrbna, Venceslao Kaiserstein, il poeta Ferdinando Van der Roxas! Tutti celebrarono il *Ghousla*, il Rito di Loggia dei Fratelli Asiatici, nell'antico *Giardino dell'Angelo*, dove ora è la Posta Centrale, guidati dallo spirito del Petrarca e di Cola di Rienzo, che furono anche loro nostri Fratelli.»

«Già... Nel *Giardino dell'Angelo*, che prese nome da Angelo di Firenze, medico dell'Imperatore Carlo IV, presso il quale Cola trovò asilo finché non fu consegnato al Papa», intervenne con pignoleria lo scriba Ismaele Gneiting. «Ma non sapete che persino Praga e Allahabad furono fondate dai *Sat-Bahis*, gli antichi Fratelli Asiatici: in breve tutte le città il cui nome sta a significare "soglia"? Dio del Cielo, che eventi memorabili!»

«E tutto si è dileguato, tutto è svanito.»

«Lo dice anche Buddha: "Non ne resta traccia nell'aria". Tali erano i nostri predecessori! Ma noi siamo solo degli ubriaconi! Ubriaconi! Hip, hip, hurrah! C'è da ridere!»

Baal Schem gli fece cenno di tacere una buona volta; ma quello non capì, e continuò a parlare finché Ariosto respinse bruscamente il suo bicchiere e lasciò la stanza.

«L'hai offeso», disse Baal Schem, serio, rivolto a Ismaele Gneiting. «Avresti dovuto aver riguardo perlomeno alla sua età.»

«Bah!», si scusò l'altro. «Non volevo mica dargli un dispiacere! E quand'anche fosse... Del resto tornerà di sicuro! Fra un'ora comincia la festa secolare cui deve per forza assistere.»

«È sempre una bella seccatura! Che noia!», esclamò uno dei più giovani. «Si beveva così in santa pace!»

Il silenzio piombò sul circolo assiso attorno alla tavola.

Sedevano tutti muti, in semicerchio, aspirando il fumo dalle loro bianche pipe olandesi.

Coi mantelli medievali dell'Ordine coperti di fregi cabalistici, nella luce smorta delle lampade a olio che arrivava appena fino agli angoli della stanza e alle finestre gotiche senza cortine, davano l'idea di una strana, irreale, riunione di fantasmi.

«Andrò a rabbonire il vecchio», disse finalmente «Corvino», un giovane musicista, ed uscì.

Fortunato si piegò verso l'Arcicensore: «Corvino ha dell'ascendente su di lui? Perché proprio Corvino?».

Baal Schem borbottò qualcosa nella barba: Corvino era fidanzato con Beatrice, la nipote di Ariosto.

Ismaele Gneiting riprese il discorso, e parlò dei dogmi dimenticati dell'Ordine, la cui origine risaliva fino alle nebbie del passato, quando i Dèmoni delle Sfere ancora istruivano i progenitori dell'uomo.

Parlò delle difficili, oscure profezie, che si erano tutte avverate nel tempo, lettera per lettera, frase per frase, così da far disperare del libero arbitrio dei viventi, e della *Lettera sigillata di Praga*, l'ultima reliquia autentica che l'Ordine ancora possedesse.

«Strano! Chi fosse tanto curioso da volerla aprire, questa *Lettera sigillata di Praga*, prima del tempo debito, quegli... come è scritto dunque nell'originale, Lord Kelwyn?», e Ismaele Gneiting rivolse uno sguardo interrogativo verso un Fratello vecchissimo, che se ne stava rannicchiato ed immobile dirimpetto a lui in una poltrona tutta intagli e dorature. «*Perisca egli prima di cominciare! La tenebra inghiottirà il suo volto, né mai più lo restituirà alla luce...?*»

«*La mano della sorte nasconderà i suoi lineamenti nel Regno della Forma fino all'ultimo giorno*», completò lentamente il vegliardo, accompagnando ogni parola con un movimento della testa calva, come se volesse imprimere una forza speciale alle sillabe, «*e la sua faccia sarà cancellata dal mondo reale. Il suo volto diventerà invisibile: invisibile per sempre! Serrato come il mallo nella noce... come il mallo nella noce.*»

Come il mallo nella noce! I Fratelli, seduti in circolo, si guardarono stupiti.

Come il mallo nella noce! Che strana, incomprensibile similitudine!

In quel momento la porta si aprì, ed entrò Ariosto.

Dietro a lui veniva il giovane Corvino.

Questi ammiccò all'indirizzo dei Fratelli, quasi a significare che aveva sistemato la faccenda col Vecchio.

«Aria fresca! facciamo entrare aria fresca», disse uno, ed andò ad aprire una finestra.

Parecchi si alzarono, respingendo le sedie, per guardar fuori, nella notte di plenilunio, i raggi color verde chiaro che scintillavano sul lastrico ineguale dell'*Altstätter Rings*.

Fortunato indicò l'ombra azzurro-cupo che dalla *Tein-*

kirche, sorpassando la casa, cadeva sulla vecchia piazza deserta e la divideva a metà: «L'ombra di quel pugno gigantesco, là sotto, con due dita distese, che accenna coll'indice e col mignolo verso occidente, non è forse un antichissimo scongiuro contro la iettatura?».

Un servo entrò nella sala portando nuovi fiaschi di *Chianti* dai lunghi colli, simili a rossi fenicotteri...

Attorno a Corvino si erano raggruppati in un angolo i suoi amici più giovani, e gli raccontavano a mezza voce, ridendo, della *Lettera sigillata di Praga* e della strampalata profezia che le si riferiva.

Corvino ascoltò con attenzione, poi i suoi occhi ebbero un lampo malizioso, come per una idea divertente.

E in fretta, bisbigliando, fece ai suoi amici una proposta che essi accolsero con gioia.

Anzi due di loro, perso ogni ritegno, cominciarono a ballare sopra una gamba sola tanto freneticamente che non riuscivano quasi più a reggersi...

Gli Anziani erano rimasti soli.

Corvino con i suoi allegri amici si era congedato in gran fretta per una mezz'ora; doveva farsi ritrarre il viso in gesso da uno scultore, per attuare un bizzarro progetto — come asseriva — subito prima di mezzanotte, prima che la grande Festa cominciasse...

«...Pazza gioventù!», mormorò Lord Kelwyn.

«Dev'essere uno scultore ben singolare, se lavora ancora così tardi», disse uno dei Fratelli Anziani a mezza voce.

Baal Schem giocava col suo anello a sigillo: «È uno straniero che si chiama Jranak-Essak; parlavamo di lui poco fa. È obbligato a lavorare solo di notte e a dormire di giorno; è albino, e non riesce a sopportare la luce».

«Lavora solo di notte?», ripeté distrattamente Ariosto, che non aveva sentito la parola albino.

Poi rimasero tutti per un pezzo in silenzio.

«Sono contento che i giovani se ne siano andati.» Così Ariosto ruppe finalmente il silenzio con aria preoccupata.

«Noi dodici Anziani siamo ciò che è rimasto di quel periodo e dovremo essere molto uniti. Forse, dopo, il nostro Ordine metterà un fresco, verde germoglio... Sì! Sì: sono io il principale colpevole del suo sfacelo.»

Poi, esitando, continuò: «Vorrei raccontarvi una lunga storia, ed aprirvi il mio cuore prima che essi tornino, e prima che cominci il nuovo secolo».

Lord Kelwyn, dal suo seggiolone, alzò gli occhi e fece un cenno con la mano: gli altri chinarono il capo in segno di assenso.

Ariosto continuò: «Bisogna che mi sbrighi, se voglio che le forze mi reggano fino in fondo. Sentite dunque.

Trent'anni fa, come sapete, era Gran Maestro il Dottor Kassekanari, ed io ero il suo Primo Arcicensore. Noi soli eravamo preposti alla direzione dell'Ordine. Il Dottor Kassekanari era un fisico, un grande scienziato. I suoi antenati venivano da Trinidad — credo che discendessero da negri — e di qui certo derivava quella sua sinistra, esotica bruttezza! Ma questo, voi tutti lo sapete.

Diventammo amici; ma, siccome l'ardore del sangue abbatte anche le dighe più salde, così... in breve, lo tradii con sua moglie Beatrice, che era bella come il sole, e che tutti e due amavamo alla follia...

Un delitto tra i Fratelli dell'Ordine... Beatrice aveva due bambini, e uno di loro — Pasquale — era mio figlio.

Kassekanari scoprì l'infedeltà della moglie, sistemò i suoi affari, e lasciò Praga coi due bambini, senza che potessi impedirlo. Per me, non aveva più avuta una parola, non uno sguardo.

Ma il modo in cui si vendicò di noi fu orribile, tanto che ancor oggi non riesco a capire come io sia riuscito a sopravvivere».

Per un momento Ariosto tacque e fissò distrattamente la parete dirimpetto. Poi continuò:

«Solo un cervello che, come il suo, accoppiasse la cupa fantasia d'un selvaggio all'acuta perspicacia dello scienziato, del conoscitore più profondo dell'anima umana, poteva concepire il piano che bruciò il cuore nel petto di Beatrice, a me tolse la libera volontà poi, a poco a poco, mi fece complice di un delitto del quale non si saprebbe immaginarne uno più raccapricciante.

La pazzia ebbe presto pietà della mia povera Beatrice, e io benedico l'ora della sua liberazione avvenuta con la morte...».

Le mani del narratore si agitarono febbrilmente e rovesciarono il vino, che voleva portare alle labbra per riprendere vigore.

«Ma proseguiamo! Kassekanari era partito da poco, quando giunse una sua lettera con l'indirizzo al quale sarebbero dovute pervenire tutte le notizie "importanti", ovunque potesse trovarsi

E, subito dopo, scrisse che, in seguito ad accurate ricerche, era giunto alla conclusione che il piccolo Emanuele fosse mio figlio, e che il più giovane, Pasquale, fosse invece il suo.

In realtà, era proprio il contrario.

Nelle sue parole suonava un'oscura minaccia di vendetta, ed io non riuscii a sottrarmi ad un leggero senso di egoistica tranquillità, nel sapere che mio figlio Pasquale, che io non potevo ormai proteggere in alcun modo, era, in virtù di questo scambio, messo al sicuro dall'odio e dalla persecuzione.

Perciò tacqui, e feci inconsciamente il primo passo verso quell'abisso dal quale poi non ebbi più scampo.

Molto, molto tempo dopo, compresi quale perfidia... ossia come Kassekanari mi avesse soltanto fatto credere ad uno scambio, per impormi le angosce più inaudite.

Quel mostro serrava lentamente la morsa. A intervalli regolari, con la puntualità d'un meccanismo a orologeria, venivano a colpirmi le sue informazioni circa certi esperimenti fisiologici e di vivisezione che egli aveva intrapreso — per espiare una colpa non sua e per il bene della scienza — sul piccolo Emanuele, che non era suo figlio, "*come io avevo ammesso tacendo*" — ossia sopra l'essere ancora più lontano dal suo cuore di un qualsiasi animale da esperimento.

E le fotografie unite confermavano l'orribile verità delle sue parole. Quando arrivava una di quelle lettere, e me la vedevo chiusa davanti, mi pareva di porre le mani sulle fiamme ardenti, e si attuava l'orribile tortura che mi straziava al pensiero di venire a conoscere degli altri orrori, sempre più tremendi.

Solo la speranza di arrivare finalmente a scoprire il vero

luogo ove dimorava Kassekanari, e di poter liberare la sua infelice vittima, mi trattenne dal suicidarmi.

Restavo ore e ore in ginocchio, supplicando Iddio che mi desse la forza di distruggere le lettere senza leggerle. Ma non trovai mai il coraggio.

Ogni volta aprivo le lettere e, ogni volta, crollavo a terra svenuto. Se gli faccio presente il suo errore — dicevo a me stesso — il suo odio ricadrà su mio figlio, ma l'altro... l'innocente... sarà libero!

E afferravo la penna per scrivere, per fornirgli le prove di tutto ciò. Ma il coraggio mi mancava; non riuscivo a volerlo e non volevo farlo per cui, tacendo, diventai il carnefice del piccolo Emanuele che, in definitiva, era anche lui figlio di Beatrice.

Ma, il più atroce di tutti i miei tormenti, era che nello stesso tempo si agitava in me un cupo influsso estraneo che non riuscivo a vincere, e che s'insinuava nel mio cuore, sottile ed irresistibile come una specie di soddisfazione piena d'odio, per il fatto che fosse la sua carne ed il suo sangue quella contro cui il mostro infuriava.»

I Fratelli erano balzati in piedi e fissavano Ariosto che faceva fatica a reggersi sulla sedia, e mormorava, più che non pronunciasse, le parole.

«Per lunghi anni egli ha torturato Emanuele; gli ha inflitto tormenti di cui non voglio farvi la descrizione; lo ha torturato finché la morte non gli ha tolto il coltello dalle mani; gli ha trasfuso nelle vene il sangue di esseri degenerati, di animali che paventano la luce del giorno; gli ha estirpato le molecole del cervello che, secondo la sua teoria, provocano negli uomini i sentimenti buoni e miti, e con tali mezzi lo ha reso quello che lui chiamava un "morto alla psiche". Ma, con l'uccisione di ogni sentimento umano del cuore, di ogni germe di pietà d'amore e di misericordia, penetrava in quella infelice vittima — appunto come Kassekanari diceva in una lettera — la degenerazione fisica, quell'orribile fenomeno che i popoli africani chiamano il "vero negro bianco"...

Dopo lunghi anni di ricerche e di tentativi disperati — ed intanto lasciavo che gli interessi dell'Ordine e i miei procedessero come potevano — mi riuscì finalmente (Emanuele era sparito, ma di lui continuava a mancare ogni traccia) di ritrovare mio figlio già adulto.

Ma un ultimo colpo mi attendeva: mio figlio si chiamava "Emanuele" Kassekanari!

È il Fratello "Corvino" del nostro Ordine che tutti voi conoscete.

"Emanuele" Kassekanari!

E lui afferma con sicurezza di non essere mai stato chiamato col nome di Pasquale.

Da allora mi perseguita il pensiero che il vecchio mi abbia ingannato, che possa aver mutilato Pasquale e non Emanuele, e che dunque sia stato mio figlio la vittima. Quelle fotografie riproducevano i lineamenti del volto in modo molto incerto, e i due ragazzi si somigliavano in realtà tanto da essere scambiati.

Ma non può, non può essere: il mio delitto, e tutto il mio rimorso, per nulla! Non è vero?», gridò improvvisamente Ariosto come in delirio, «Non è vero? Dite, Fratelli, non è vero? "Corvino" è mio figlio: è tutto il mio ritratto!»

I Fratelli abbassarono gli occhi imbarazzati, e non riuscirono a formulare una pietosa menzogna.

Annuirono in silenzio.

Ariosto finì a bassa voce.

«Spesso, nei miei incubi spaventosi, io sento che mio figlio è perseguitato da un orribile storpio dai capelli bianchi e gli occhi rossi che, temendo la luce, lo spia nella penombra, pieno d'odio. È Emanuele, lo scomparso Emanuele... il... il mostruoso... "negro bianco".»

Nessuno dei Fratelli riuscì a pronunciare una sola parola.

Nella sala calò un silenzio di morte...

Allora, come se Ariosto avesse sentito la muta domanda disse a mezza voce, quasi spiegando: «Un mostro della psiche! Il Negro Bianco... un vero *albino*».

Un albino! Baal Schem si appoggiò barcollando contro la parete.

«Dio misericordioso, lo scultore! L'albino Jranak-Essak!»

2.

«Squillan le trombe di guerra: lontano, ai bordi dell'aurora.»

Corvino cantava il ritornello di «Roberto il Diavolo» davanti alla finestra della sua fidanzata Beatrice — la bionda nipote di Ariosto — e i suoi amici lo accompagnavano fischiando in coro la melodia.

Subito i vetri si aprirono, ed una giovinetta in bianca veste da ballo, guardò giù nella *Teinhof* medievale, scintillante al chiaro di luna, e domandò ridendo se quei signori intendessero assaltare la casa.

«Ah, tu vai al ballo senza di me, Bicetta?», esclamò Corvino. «E noi che temevamo che tu dormissi da un pezzo!»

«Puoi renderti conto di quanto mi annoio senza di te, se prima di mezzanotte sono già a casa!»

«Ma che cosa vuoi ora? È successo qualcosa?», domandò a sua volta Beatrice.

«Che cosa è successo? Dobbiamo chiederti un grande piacere. Sai dove tuo padre tiene la *Lettera sigillata di Praga*?».

Beatrice si portò le due mani agli orecchi: «La lettera... che cosa?».

«La *Lettera sigillata di Praga*: quella reliquia arcaica», gridarono tutti insieme.

«Non riesco a capire una parola se lor Signori urlano a codesto modo.» Beatrice richiuse la finestra. «Ma aspettino, scendo subito: cerco solo la chiave di casa, e mi libero di quella brava donna della governante.»

Pochi minuti dopo era davanti alla porta.

Era deliziosa, incantevole nella bianca veste da ballo, al verde lume della luna, e i giovanotti le si stringevano attorno per baciarle la mano.

«In "verde" veste da ballo... al "bianco" lume della luna», e Beatrice fece una riverenza civettuola, nascondendo, per difendersi, le piccole mani in un gigantesco manicotto, «e in mezzo a dei veri e propri Cavalieri "Neri" della Santa Vema.

No: un Ordine così venerabile deve pur essere qualcosa di stravagante!»

Ed esaminava curiosamente i lunghi abiti da cerimonia dei giovani, coi sinistri cappucci e i segni cabalistici ricamati in oro.

«Siamo scappati così a rotta di collo, che non ci siamo potuti cambiare, Bicetta», si scusò Corvino, accomodandole amorevolmente la sciarpa di pizzo.

Poi, in poche parole, le raccontò della *Lettera sigillata di Praga*, della strampalata profezia, e di come essi avessero architettato uno splendido scherzo per la mezzanotte.

E cioè: correre dallo scultore Jranak-Essak, un individuo molto singolare che lavorava di notte perché era albino, ma che aveva fatto una invenzione preziosa: una pasta di gesso che, non appena veniva esposta all'aria, diventava dura e indistruttibile come il granito. E questo albino doveva fargli subito l'impronta del viso...

«E, signorina», aggiunse Fortunato, «noi poi prenderemo questa effigie unitamente alla "misteriosa lettera" che avrà la somma bontà di scovare nell'archivio, e la non minore bontà di gettarci giù.

Naturalmente, l'apriremo subito per leggere le cretinerie che ci sono dentro, e poi andremo "sbalorditi" alla Loggia. Ovviamente ci domanderanno subito di Corvino, e ci chiederanno dove mai s'è cacciato. E allora, piangendo a calde lacrime, mostreremo la reliquia profanata, e confesseremo che lui l'ha aperta e che subito, in una vampata di zolfo, è comparso il Diavolo, che l'ha afferrato per il colletto e l'ha rapito; ma che Corvino, in previsione di ciò, si era fatto prima riprodurre in fretta nell'infrangibile gesso di Jranak-Essak, per misura precauzionale! E ciò, al fine di portare all'assurdo la bella e terrificante profezia "della totale sparizione dal mondo reale".

E diremo: qui c'è la sua maschera e, chi si crede qualcosa di speciale — o uno degli Anziani, o tutti quanti, o gli Adepti che fondarono l'Ordine, o forse il buon Dio stesso — si faccia avanti e distrugga la statua... se gli riesce. Del resto poi, il Fratello Corvino lascia per tutti i suoi più cordiali saluti, e fra dieci minuti al massimo ritornerà dall'Averno.»

«E sai, mio caro», l'interruppe Corvino, «c'è anche il vantaggio che in questo modo sradicheremo l'ultima superstizione dell'Ordine, accorceremo quella noiosa festa secolare, e verremo a divertirci più spesso.

Ma ora addio, e buonanotte, perché: "Un, due, tre, passa il tempo in un balen...".»

«E noi con lui», completò allegramente Beatrice, attaccandosi al braccio del suo fidanzato. «C'è molto di qui a casa di Jranak-Essak? È così che si chiama? E non c'è pericolo che gli pigli un colpo se facciamo irruzione da lui in questa tenuta?»

«I veri artisti non sono soggetti ai colpi», giurò Saturnilo, uno dei giovani. «Fratelli! Un urrah per questa ardita signorina!»

E via di corsa.

Via per la *Teinhof*, per gli archi delle porte medioevali, per i vicoli tortuosi, girando gli angoli sfuggenti, oltre i palazzi barocchi in rovina.

Poi si fermarono.

«Sta qui, al numero 33», disse Saturnilo, senza fiato. «Numero 33: non è così, "Cavaliere Kadosh"? Guarda tu, che hai occhi migliori dei miei.»

E già stava per suonare, quando il portone si aprì improvvisamente dall'interno e, subito dopo, si sentì una voce acuta che strillava giù per la scala delle parole nell'inglese dei negri.

Corvino crollò il capo stupito: «"*The gentlemen already here*?". I signori sono già qui! Ma si direbbe proprio che fossimo attesi!

Andiamo pure avanti, ma fate attenzione; c'è buio pesto qui e non abbiamo lumi. Proprio belli i nostri costumi! Mancano di tasche, e quindi non abbiamo gli zolfanelli».

Passo passo, la piccola brigata avanzava brancolando: davanti camminava Saturnilo, dietro di lui veniva Beatrice, e poi Corvino e gli altri giovanotti: i Cavalieri Kadosh, Jeronimo, Fortunato, Ferecide, Kama e Ilarione Termassimo.

C'erano delle scalette a chiocciola, che salivano su a sinistra, poi a destra a zig-zag.

Attraversarono a tentoni porte e stanze vuote, prive di finestre, seguendo sempre la voce che, invisibile, e in apparenza assai distante, risuonava dinanzi a loro, indicando brevemente la direzione da seguire.

Alla fine arrivarono in una stanza, nella quale parve loro

dovessero fermarsi, perché la voce era ammutolita e nessuno rispondeva più alle loro domande.

Nulla si muoveva.

«Sembra un edificio antichissimo, con molte uscite, come la tana di una volpe... uno di quegli strani labirinti del XVII secolo come se ne trovano ancora in questo quartiere», disse infine a mezza voce Fortunato, «e quella finestra là deve dare in un cortile, dato che non passa neppure un filo di luce! L'intelaiatura risalta appena come qualcosa di più scuro.»

«Io credo che ci sia un alto muro proprio davanti ai vetri che toglie ogni luce», rispose Saturnilo. «C'è un tale buio qui, che non si vede ad un palmo dal naso.»

«Soltanto il pavimento è un po' più chiaro, non è vero?»

Beatrice si strinse al braccio del suo fidanzato: «Ho una paura tremenda, qui in questo buio sinistro. Perché non portano un lume...».

«Silenzio, zitti!», mormorò Corvino. «Sst! Non sentite dunque!? Si sta avvicinando qualcosa piano piano. O è già nella stanza?»

«Là! Là c'è qualcuno», lo interruppe all'improvviso Ferecide. «È qui a solo dieci passi da me... ora lo vedo chiaramente.

Olà», gridò poi forte, e si udì la sua voce fremere di terrore contenuto e di emozione...

«Sono lo scultore Pasquale Jranak-Essak», disse qualcuno, con una voce che non era fioca, eppure sembrava stranamente afona. «Lei vuol farsi il calco del volto?... Suppongo di sì.»

«Non io, ma il nostro amico Kassekanari, musicista e compositore», disse Ferecide tentando di presentare Corvino, nel buio.

Vi furono due secondi di silenzio.

«Non riesco a vederla, signor Jranak-Essak; dov'è?», domandò Corvino.

«Non c'è abbastanza luce per lei?», rispose in tono beffardo l'albino. «Si faccia coraggio, e proceda in avanti di un paio di passi sulla sinistra; c'è una porta aperta, per la quale deve... Vede?... Le sto venendo incontro.»

Alle ultime parole, parve che quella voce sorda vibrasse più vicina, e gli amici ebbero d'un tratto l'impressione di veder rilucere sulla parete un vapore confuso, di colore grigio biancastro: era il contorno incerto d'un uomo.

«Non andare, non andare per amor di Dio! Se mi vuoi bene, non andare!», mormorò Beatrice tentando di trattenere Corvino.

Ma lui si divincolò dolcemente. «Ma, Bicetta, non posso rendermi ridicolo; lui si immagina che abbiamo tutti paura.»

E, senza esitare, si diresse verso la figura biancastra, per sparire dopo un momento con quella, dietro la porta, nelle tenebre.

Beatrice gemeva in preda all'angoscia, e i ragazzi facevano tutto il possibile per ridarle coraggio.

«Non abbia paura signorina», la consolava Saturnilo, «non gli succederà nulla. E, se potesse vedere il procedimento della forma, ne rimarrebbe interessata e divertita. Prima, sa, si mette della carta velina ingrassata sui capelli, sulle palpebre e sulle ciglia. Dell'olio sul viso perché non vi resti nulla attaccato, e poi, giacendo sulla schiena, si preme la parte posteriore del capo fino agli orecchi in un recipiente pieno di gesso molle. Quando la pasta è diventata dura, si versa dell'altro gesso molle sul viso ancora libero — circa una manciata — così che tutta la testa appare come avvolta in una grande massa informe. Quando tutto è indurito, si aprono con lo scalpello le connessure, e così si ha lo stampo per le maschere più belle.»

«Ma così si soffoca!», rifletté la giovinetta.

Saturnilo rise.

«Naturalmente: se per respirare, non si mettessero in bocca e nelle narici delle pagliuzze che sporgono dal gesso, si soffocherebbe.»

E, per tranquillizzare Beatrice, gridò forte verso la stanza vicina:

«Maestro Jranak-Essak: è una cosa lunga? Fa male?».

Per un istante regnò un profondo silenzio, poi si udì una voce sorda rispondere da lontano, tre o quattro stanze al di là o come attraverso pesanti cortine:

«A me non fa male di certo! E il signor Corvino avrà poco

da dolersi... eh, eh! Se dura parecchio? Qualche volta ci vogliono persino due o tre minuti».

C'era in quelle parole e nell'accento con cui l'albino parlava qualcosa di così vagamente impressionante, un giubilo d'una malignità così indescrivibile, che tutti, udendolo, si sentirono quasi irrigidire dallo spavento.

Ferecide afferrò il braccio del suo vicino. «Strano, come parla! Hai sentito? Io non resisto più a questa angoscia. Come mai all'improvviso sa il Nome di Loggia di Kassekanari, "Corvino"? E come mai sin da principio sapeva perché eravamo venuti? No, no... voglio entrare là! Voglio sapere che succede là dentro!»

In quell'istante, Beatrice gettò un grido. «Là... lassù... che cosa sono quelle macchie bianche, rotonde... sulla parete?»

«Medaglioni di gesso, nient'altro che dei medaglioni di gesso», volle tranquillizzarla Saturnilo.

«Li ho già visti anch'io: è molto più chiaro ora, e i nostri occhi sono più abituati alle tenebre...»

A questo punto, improvvisamente, una forte scossa nella casa, come la caduta d'un grosso peso, lo interruppe.

Le pareti tremarono, e i dischi bianchi caddero giù con un tintinnio di vetri, poi rotolarono per qualche passo e si fermarono.

Erano delle impronte in gesso di volti umani contorti, e maschere mortuarie. Stavano a terra fermi e ghignavano con le bianche occhiaie vuote rivolte verso il soffitto.

Dallo studio venne un rumore selvaggio, uno strepito, un cadere di tavole e di sedie.

Poi vi fu una scossa...

Un fracasso come di porte abbattute, quasi che un pazzo furioso si dibattesse in agonia cercando di aprirsi disperatamente un varco verso la libertà.

Un correre pesante, poi un urto... e, un momento dopo, una informe massa di pietra chiara sfondò la sottile porta: era la testa ingessata di Corvino! E riluceva, muovendosi faticosamente, bianca e spettrale nella penombra, il corpo e le spalle trattenuti da sbarre e da assicelle incrociate.

Con un balzo, Fortunato, Saturnilo e Ferecide, avevano sfondato la porta per accorrere in aiuto di Corvino; ma non c'era nessuno che lo inseguisse.

Corvino, incastrato nella parete fino al petto, si dibatteva convulsamente.

Nello spasimo dell'agonia, ficcava le unghie nelle mani dei suoi amici che, quasi pazzi per l'orrore, cercavano di aiutarlo.

«Degli strumenti! Dei ferri!», urlava Fortunato. «Pigliate delle verghe di ferro, spaccate il gesso... sta soffocando! Quel mostro gli ha levato le canne per respirare... e gli ha ingessato la bocca!»

Molti, furenti, si precipitarono per portare aiuto, rompendo contro la massa di pietra dei pezzi di sedia, delle verghe, tutto quello che capitava loro sottomano in una cieca furia.

Inutile!

Sarebbe stato più facile rompere un masso di granito.

Altri corsero a precipizio per le stanze tenebrose, gridando, cercando invano l'albino, distruggendo quanto si parava loro dinanzi, e maledicendo il suo nome; ma, cadendo al suolo nel buio, si ferivano e si coprivano di sangue.

Il corpo di Corvino non si muoveva più.

I Fratelli lo circondavano, muti e disperati.

Le grida strazianti di Beatrice risuonavano per tutta la casa, risvegliando un'eco orribile, mentre la giovane si lacerava le dita a sangue contro la pietra che racchiudeva il capo del suo amato.

Mezzanotte era passata da un bel pezzo, prima che fossero riusciti a ritrovare la via per l'aria aperta, da quel cupo, infido labirinto. Affranti e muti, avevano camminato nella notte con il cadavere dal capo di pietra.

Nessun ferro, nessuno scalpello era riuscito a spezzare l'orribile involucro, e quindi Corvino era stato seppellito nel costume dell'Ordine:

Col volto invisibile e serrato come il
mallo nella noce.

I cervelli

Dedicata al calzolaio Voigt.

Hiram Witt aveva un gran talento; era un pensatore più profondo e più acuto di Parmenide. Proprio così; eppure, dell'opera sua non c'era un solo europeo che ne parlasse.

Già da vent'anni era riuscito, su lastre di vetro, a produrre da cellule animali, sotto l'influsso di un campo magnetico e per mezzo della rotazione meccanica, dei cervelli perfettamente formati — dei cervelli capaci persino di pensare per conto proprio — eppure, questa notizia, benché fosse comparsa qua e là sui giornali, non aveva destato un vero e profondo interesse scientifico.

Simili cose non fanno per la nostra epoca. E poi, a che cosa potrebbero servire, nei paesi di lingua tedesca, dei cervelli che pensano per conto loro?

Quando Hiram Witt era ancora giovane e ambizioso, aveva mandato quasi ogni settimana uno o due di quei cervelli prodotti con tanta fatica al grande Istituto Scientifico, perché li esaminassero e dessero un giudizio in merito!

Ed era stato fatto ad onor del vero.

Si erano messe quelle cose ancora calde in boccali di vetro, ed era stato incaricato il celebre professore Aureliano Cartasciuga di tenere delle dotte conferenze sopra i *Misteri della natura* di Häckel — naturalmente, sotto il patrocinio di un'alta personalità — ma con risultati così poco consolanti, che ci si era visti costretti a desistere quasi subito da ulteriori tentativi. Basti dire questo: subito, all'inizio del corso, la maggior parte dei cervelli erano scoppiati con gran fracasso; altri, dopo essere stati presi da due o tre attacchi di convulsioni violentissime, erano morti in modo incomprensibile, emanando un puzzo atroce.

Proprio così: e uno persino, un robusto esemplare color salmone, girandosi con un balzo repentino, aveva spezzato il suo boccale di cristallo, e si era arrampicato su per una parete.

Anche il famoso chirurgo, il professor Scortica, aveva dato, a proposito dei cervelli, un giudizio molto favorevole.

«Se si trattasse almeno di appendici intestinali che si potessero tagliar via», aveva detto. «Ma dei cervelli! Nei cervelli non si hanno casi di appendicite.»

E con ciò, la nuova scoperta fu liquidata...

Questo accadde parecchi anni fa.

Hiram Witt, dopo d'allora, si era accontentato di fornire i cervelli alla *Trattoria Kempinski* — col cinquanta per cento di ribasso sui prezzi del macellaio, — e provvedeva, col ricavo di quelle vendite, a vivere ed alle spese di nuove scoperte.

Un giorno era seduto come sempre nel suo studio, in Via Teteretè n. 8, al terzo piano, immobile come una statua, davanti a un disco di cristallo che girava entro un sistema di assi di acciaio, così vertiginosamente da non sembrare più che una vaga nebbia lucente.

Aveva trascorso tutta la notte dedicandosi a quell'esperimento, osservandone il corso con gli occhi sbarrati. Quando le nascoste forze della natura vedono giunto il momento di lasciare il loro segreto in balia dell'uomo, sbarrano gelosamente, con mani invisibili, le porte della sua intelligenza al mondo esteriore, e rivelano in un bisbiglio appena percettibile, all'anima sua, la segreta origine del loro essere, il loro nome, e come le si debbano invocare e come scongiurare; esse odiano gli ascoltatori oziosi e i pensieri che indugiano sulla soglia della conoscenza, e quindi non ammettono alcun intruso.

In tali momenti, il nostro mondo interno vigila in un'attesa strana; ed è come se il polso battesse ad un nuovo ritmo insolito.

Quasi che il respiro dimenticasse la sua funzione, un'aria diversa da quella grossolana dell'atmosfera — un fluido ignoto, imponderabile — penetra per rigenerare il sangue.

Così, dalla mezzanotte, Hiram Witt — senza respirare e quasi senza un battito del cuore — non pareva aver più coscienza di nulla fuorché della sfera di vetro scintillante dinanzi a lui — un pensiero uscito dal suo corpo e che si era materializzato — che turbinava frusciando sul suo sistema di assi.

L'eco prolungata dei suoni che passano di notte attraverso

una città addormentata come solitari gufi svolazzanti non colpiva il suo orecchio.

E le braccia d'ombra del dèmone del sonno, che piano piano, fra le due e le cinque, escono dal suolo — sgusciando furtivamente da dietro le porte degli armadi, alle spalle di coloro che sono svegli, per soffocare col tocco morbido delle loro grandi mani nere la scintilla della coscienza ancora desta, — scivolavano su di lui senza far presa.

Il mattino gli passò accanto, ed il sole eclissò la debole luce della lampada, ma lui non se ne accorse.

Non sentì sotto, sulla strada piena di vita, lo squillare della fanfara militare, e il marciare dei soldati che attraversavano la città — scintillanti di bottoni dorati — preceduti dal simbolico corno di bue.

Solo quando furono le dodici, e lo scampanio assordante del mezzogiorno coprì lo strepito discorde della via, egli infilò finalmente la mano fra le ruote vibranti e fermò il congegno.

In una concavità della lastra era ora visibile un piccolo cervello umano, e su di esso — lo scienziato se ne convinse con un rapido sguardo — un piccolo inizio di nervi: era il principio, il germe di un midollo spinale!

Hiram Witt barcollò per l'emozione.

Ecco!

Finalmente aveva trovato l'ultimo anello che mancava alla catena: le pure, le astratte quantità matematiche, erano l'asse dell'universo!

Nient'altro!

Nulla rimane, nessun centro al quale collegare la proprietà dei corpi, fuorché i numeri con l'equilibrio che producono, e il loro rapporto scambievole è l'unica radice della vita. Visibilità, tatto, peso... tutto svanisce! Tutto svanisce come un errore di calcolo!

Il cervello si comporta rispetto al midollo spinale, come la gravitazione rispetto alla forza centrifuga. Ecco la definitiva soluzione dell'enigma.

Proprio così: chi arriva a comprendere ciò, e conosce le più elementari regole pratiche, può rendere questa teoria visibile e sensibile, «materiale», come dicono gli sciocchi.

Hiram Witt teneva lo sguardo fisso innanzi a sé, tutto

sconvolto; l'accavallarsi dei pensieri, che infuriavano dentro di lui, lo sconcertava.

Bisognava che riuscisse a capire dov'era e perché mai provasse quella specie di fiero spavento, quando il suo sguardo cadeva sul corpo umano nudo, — appoggiato dirimpetto sulla parete — quel corpo che per venti interi anni aveva fatto crescere da piccole cellule come si coltiva un albero di gomma e che ora gli stava davanti come un essere pienamente sviluppato, ma senza coscienza. Hiram Witt rise di gusto: «Un altro dei miei lavori *inutili*! A che, serve dopotutto, fabbricare un corpo, se posso sviluppare il cervello e il midollo spinale. A che mi serve un tale ciarpame?».

E, come il cacciatore selvaggio infuria senza requie coi suoi cani fantasma, così l'anima sua si perdeva in una ridda di pensieri disordinati protesi verso un avvenire fantastico in cui egli avrebbe potuto far sparire dal regno dell'esistenza i corpi celesti.

Un *urrah* di cento voci proveniente dalla stanza sottostante lacerò l'aria, e Hiram Witt aprì in fretta la finestra e guardò giù.

Un vagabondo con un berretto da soldato, e un babbuino in uniforme da ufficiale, erano lì su una carrozza e, circondati da una folla entusiasta e da un semicerchio di guardie perdute in un'estasi rispettosa, esaminavano la facciata della casa.

Subito dopo cominciarono tutti e due ad arrampicarsi su per il parafulmine, finché arrivarono al primo piano; poi ruppero i vetri ed entrarono dentro.

Pochi minuti dopo, scaraventavano dalla finestra abiti, mobili ed alcune valige; poi ricomparvero sul cornicione, e continuarono la loro scalata fino al secondo piano, dove si ripeté lo stesso spettacolo.

Hiram Witt comprese subito che cosa lo minacciava, e si frugò in fretta nelle tasche per vedere se possedeva denaro o valori.

Nello stesso istante, la scimmia e il vagabondo si slanciavano già, al di sopra della balaustra, nella sua stanza.

«Io sono», disse il vagabondo, «io sono...»

«Sì, sì, lo so, signor Capitano: lei è quel briccone che ieri ha conquistato il Municipio di Köpenick», lo interruppe lo scienziato.

Il vagabondo rimase solo per un attimo senza parole, poi accennò con orgoglio al variopinto sedere del babbuino, e disse: «Questo signore in uniforme è la mia giustificazione!»

«*Vero... oggigiorno si tiene troppo conto del sedere*», pensò Hiram Witt, e gli porse solo 4 franchi e 50, una catena d'argento da orologio, e tre denti d'oro: «Ecco tutto quello che posso fare per lei».

Il vagabondo incartò con cura il bottino, se lo mise in tasca e gridò: «Animale! Sull'aat... tenti!».

E, mentre Hiram Witt si affrettava ad obbedire, il babbuino e il vagabondo, con un mirabile volteggio, si lanciarono fuori dalla finestra.

Sotto, quando riapparve l'uniforme, si udì l'entusiastico *hurrah* delle guardie.

Lo scienziato tornò a sedere tristemente al suo tavolo da lavoro: «Questo vuol dire che devo preparare in fretta sei cervelli per Kempinski, onde reintegrare quanto mi è stato rubato. Ma, un momento! Mi pare che ne resti ancora uno di ieri».

E, tirato fuori di sotto il letto un piatto con un bel cervello vivo, lo poggiò sul tavolo.

Poi mise in moto il disco di vetro, e stava per riprendere il suo lavoro, quando fu bussato energicamente alla porta e, nello stesso tempo, un rombo sordo e pesante scosse la casa.

Hiram Witt arrabbiato respinse la sedia.

«Oggi non si riesce ad avere un minuto di pace!», esclamò.

La porta si spalancò, ed entrò nella stanza un ufficiale seguito da alcuni soldati, a passo di carica.

«È lei il fabbricante di cervelli Hiram Witt? Ehi! Fermo! Le mani alla costura!»

Hiram Witt ubbidì e si alzò; mosse le mani incerto per il corpo, e poi — quasi colpito da un improvviso lampo d'intelligenza — se le cacciò fra le gambe.

L'ufficiale storse il muso:

«Ehi, imbecille: ti dà di volta il cervello? Mani alla costura, ho detto, mani alla costura!».

«*Pardon*, i miei calzoni hanno la costura proprio *di den-*

tro; io non sono un Ufficiale della Riserva; non so di che costure intenda parlare», rispose incerto lo scienziato.

«Ma cosa desidera dunque da me?», aggiunse poi. «Il signor Capitano del Municipio era qui poco fa; o è lei il calzolaio di Köpenick?»

Ma l'ufficiale lo interruppe: «Ecco le mie credenziali!».

E Hiram Witt lesse:

Carta di Legittimazione.
Affermo con la presente, sulla mia Parola
d'Onore d'Ufficiale, che io sono il Capitano
Fritz Arraffa Nobile de Scrocconi.
Firmato, Fritz Arraffa Nobile de Scrocconi
Capit. Reggimento delle Guardie

e riconobbe a colpo d'occhio dalla calligrafia, che lo scrivente si trovava al primo stadio della paralisi cerebrale.

Fece un profondo inchino.

Frattanto, i colpi ritmici che scuotevano la casa, si erano avvicinati sempre più, ed infine un cannone sporse la bocca rotonda dalla porta.

Ma era del tutto inutile, perché lo scienziato non mostrava il minimo dubbio e, quando poi sfuggì di tasca al Capitano un biglietto sul quale era chiaramente leggibile una ricetta a base di solfato di zinco, il contegno di Hiram Witt dimostrò una convinzione sempre maggiore.

«Be': *pasticcia-cervelli* Witt; età, sessant'anni; condizione: individuo, abitante in Via Teteretè 8. Lei da vent'anni fabbrica degli uomini artificiali... no?», lo interrogò l'ufficiale e, levatosi l'elmo, lo posò sbadatamente sopra il cervello che stava sulla tavola.

Lo scienziato s'inchinò in silenzio.

«Dove sono?», continuò a interrogarlo l'ufficiale.

Hiram Witt indicò l'uomo nudo senza cervello appoggiato alla parete.

«È denunziato per espletare il servizio militare?»

Lo scienziato stupito, rispose di no.

«Bestia! Non sai quali sono i tuoi doveri!», ruggì il Capitano, e fece un cenno ai suoi soldati in seguito al quale essi cominciarono a vuotare la camera, portando via le sedie, il letto, i vestiti, gli apparecchi e, in ultimo, anche l'uomo artificiale.

«Non sarebbe meglio mettergli nella testa il cervello, dato che deve fare il servizio militare?», rifletté Hiram Witt rassegnato e, nonostante lo sprezzante diniego dell'ufficiale, alzò l'elmo dal piatto.

Quello che si vide allora, fu così straordinario e misterioso, che lo scienziato lasciò cadere l'elmo dalle mani.

Il cervello, che stava là sotto, non c'era più e, al suo posto, c'era... al suo posto c'era... sì, una bocca spalancata.

Proprio così: una bocca spalancata!

Una bocca storta, coi baffi piegati all'insù.

Hiram Witt fissava sbalordito il piatto.

Una ridda selvaggia di pensieri si agitò nel suo cranio.

Dunque, l'influsso d'un elmo era in grado di trasformare tanto rapidamente un cervello in una bocca!

O la ragione era un'altra?

Forse la punta metallica dell'elmo aveva avviato un rapidissimo processo di volatilizzazione?

Nello stesso modo, per esempio, in cui il parafulmine favorisce la scarica dell'elettricità?

Forse era per questo che la Polizia aveva una pallottola sulla punta dell'elmo: per impedire quella volatilizzazione? Ma no, perché allora se ne sarebbero pur dovute vedere le conseguenze...

«Il Borgomastro di Köpenick... Un babbuino... Zero diviso zero dà uno. Aiuto, aiuto, la pazzia! Aiuto, sto perdendo la testa...»

Ed Hiram Witt lanciò un urlo tremendo, girò parecchie volte su se stesso e cadde lungo disteso con la faccia contro il pavimento.

L'ufficiale, gli uomini di truppa e il cannone se n'erano andati da un pezzo, e la casa era vuota. In un angolo stava accoccolato Hiram Witt, che con un sorriso ebete sulle labbra, continuava a contare i suoi bottoni: «Capitano Scroccone, Calzolaio Voigt, Calzolaio Voigt, Capitano Scroccone, vero, falso, vero, falso, solfato di zinco, vero, rammollimento cerebrale, Capitano Scroccone, Calzolaio Voigt... ».

Il poveretto fu infine rinchiuso in un manicomio, ma la sua

pazzia non smise. Nelle tranquille domeniche lo si può ancora sentire cantare:

Dalla Mosa fino al Me... e... mel,
E dall'Adige al Belt,
Germania, Germania, al di so... o... pra di tu... u... tto,
Al di sopra di tutto nel mondo.

L'urna di S. Gingolph

A mezz'ora da S. Gingolph, dietro le colline, vi è un parco antichissimo, solitario e selvaggio, che non è segnato su nessuna carta.

Il castello che una volta vi sorgeva in mezzo, dev'essere caduto già da secoli; avanzi bianchi di fondamenta, che arrivano solo fino al ginocchio, sporgono, sparsi qua e là, dalle folte erbe selvatiche, simili a gigantesche radici scolorite di denti di un qualche mostro di età remota.

La terra ha sotterrato tutto senza riguardo, e il vento ha disperso tutto: nomi e stemmi, portoni ed usci.

E il sole ha fissato le torri ed i cornicioni finché, lentamente, insensibilmente, si sono sgretolati, per poi svanire, come polvere morta, con la nebbia della valle.

Così il sole vorace chiama a sé le cose della terra.

Ma il parco conserva, da tempo immemorabile, un'urna consunta di pietra, sepolta nell'ombra dei cipressi: i cupi rami l'hanno preservata dalla furia dei temporali.

Accanto a quell'urna, mi gettai un giorno sull'erba: ascoltavo il suono delle ali delle cornacchie lassù sulle cime; vedevo i fiori incupirsi quando le nubi ponevano le loro mani sul sole, e mi parve — allo spegnersi della luce nel cielo — che mille occhi si chiudessero tristemente intorno a me.

Rimasi così a lungo, sdraiato, senza quasi muovermi.

I cipressi minacciosi montavano cupi la guardia presso l'urna che mi osservava dall'alto col suo volto sgretolato di pietra, come un essere senza anima e senza cuore, grigio e insensibile.

E i miei pensieri sprofondarono piano piano in un regno arcano, pieno di suoni fantastici e di un soave vibrare di corde metalliche: mi aspettavo di veder arrivare dei bimbi leggiadramente vestiti che, stando in punta di piedi, gettassero nell'urna, con le loro piccole mani, dei sassolini e delle foglie secche.

Poi mi spremetti per un pezzo il cervello sul motivo per il quale ci fosse su quell'urna un pesante coperchio simile ad un cranio di pietra; e mi fece un effetto bizzarro il pensiero che l'aria e quelle povere cose putrefatte che l'urna poteva custodire, fossero per sempre separate dal pulsare della vita, inutili e misteriose.

Quando volli muovermi, sentii che le mie membra si abbandonavano pesantemente al sonno, e che le immagini colorate del mondo impallidivano a poco a poco.

Sognai che i cipressi erano tornati giovani, e che si muovevano appena al leggero venticello.

Sull'urna scintillava la luce delle stelle, e l'ombra di una nuda croce gigantesca, che sorgeva muta e spettrale da terra, si stendeva sul bianco chiarore notturno del prato come l'ingresso ad un cupo pozzo.

Le ore scorrevano e, a momenti, passavano qua e là dei cerchi luminosi sull'erba e sulle capocchie rilucenti del finocchio selvatico, che ardeva magicamente di tinte metalliche... scintille che la luna, raggiungendo la vetta dei colli, gettava attraverso i tronchi del bosco.

Il parco attendeva qualcosa o qualcuno che doveva giungere; e, quando dei passi leggeri fecero scricchiolare la sabbia del sentiero avvolto da una profonda oscurità che veniva dal castello, e il fruscio di un abito smosse l'aria, mi parve che gli alberi stendessero i rami e si chinassero per sussurrare a chi sopraggiungeva delle parole d'avvertimento.

Erano i passi di una giovane madre che dal castello veniva a gettarsi ai piedi della croce, ed ora ne abbracciava disperata il tronco.

Ma nell'ombra della croce c'era un uomo, che lei non vedeva e di cui non sospettava la presenza. Lui, che all'imbrunire le aveva rapito dalla culla il bimbo addormentato ed ora aspettava qui la sua venuta da ore e ore, era suo marito, che l'ansia del sospetto e il tormento di sogni incubici avevano ricondotto a casa da lontani paesi.

Teneva il viso schiacciato contro il legno della croce, e spiava trattenendo il fiato le parole che la donna sussurrava nella sua preghiera.

Lui, che conosceva l'anima della sua sposa e le molle segrete della sua intima natura, sapeva che sarebbe venuta. Sarebbe venuta da «quella croce». Lo aveva visto anche in sogno: lei doveva venire a cercar «lì» il suo bambino.

Come il ferro è attirato al magnete, come l'istinto fa trovare alla cagna il suo cucciolo perduto, così la stessa oscura forza misteriosa doveva — fosse pure nel sonno — guidare i passi di una madre...

Le foglie e i rami frusciavano per avvertire la donna mentre pregava, e la rugiada notturna le cadeva fredda sulle mani. Ma lei teneva gli occhi bassi, e i suoi sensi erano accecati dall'angoscia e dall'affanno indicibile per la sparizione del suo bambino.

Non sentiva dunque che la croce era nuda, spoglia di Colui che lei implorava e che aveva detto: «Va, e non peccare più».

Ma quello che udiva le sue parole doveva essere un confessore senza misericordia.

Lei continuava a pregare e, sempre più chiaramente, la sua preghiera si mutava in una confessione: «O Signore, non guardare alla mia colpa e, come tu perdonasti all'adultera...».

Allora i vecchi rami stormirono forte come anime in pena, si protesero selvaggiamente verso l'uomo che stava ascoltando dietro la croce, ed afferrarono il suo mantello... Poi, una raffica di vento infuriò per il parco.

Il suo sibilo disperse le ultime parole del tradimento; ma neppure la tempesta può ingannare un orecchio pieno d'odio, e il sospetto lentamente germogliato divenne di colpo certezza.

Di nuovo, tutt'intorno vi fu un silenzio di morte.

La supplice ai piedi della croce si era rannicchiata su se stessa, e stava immobile, quasi caduta in un sonno profondo.

Allora, piano piano, il coperchio di pietra si sollevò e le mani dell'uomo emersero bianche dall'ombra, mentre caute e silenziose come grandi ragni terribili strisciavano sull'orlo dell'urna.

Non un suono si udiva in tutto il parco. Un terrore paralizzante s'insinuava attraverso le tenebre.

Le linee diventavano indistinte una dopo l'altra; svanivano le spirali di pietra.

Ed ecco, attraverso la boscaglia, un tenue raggio di luna colpì un fregio dell'urna, creando sul capitello levigato un occhio ardente, orribile, che, spalancato, fissò l'uomo in volto con uno sguardo fisso, maligno.

Il raccapriccio e il terrore lo misero in fuga per il boschetto, e il fruscio del fogliame fece riscuotere la giovane madre, che balzò in piedi per lo spavento.

Il rumore, affievolendosi, si perse in distanza, poi svanì.

Ma lei non vi badò: nelle tenebre, mentre il cuore le si era fermato, ascoltava un suono impercettibile, quasi inafferrabile, che le aveva colpito l'orecchio, come se fosse sorto dall'aria.

Non era un flebile pianto? Assai vicino a lei?

Immobile, ascoltava mordendosi le labbra; il suo udito si affinava come quello di un animale e tratteneva il fiato fino a soffocare, eppure il suo respiro le sembrava lo strepito d'una bufera, il cuore le tremava, ed il sangue le infuriava nelle vene col fragore di mille sorgenti sotterranee.

Udiva le larve raspare nella corteccia degli alberi, e l'impercettibile muoversi dei fili d'erba.

E le voci segrete dei pensieri non formulati, che fissano la sorte degli uomini — per stringere la loro volontà in ceppi invisibili, e che pure sono più basse e più fievoli del respiro muto delle piante germoglianti — battevano sordamente, stranamente, al suo orecchio.

In mezzo a tutto ciò un pianto, un pianto accorato, l'avvolgeva tutta, e risuonava sopra e sotto di lei, nell'aria, nella terra.

Era il suo bimbo che piangeva... Dove mai?... Là... Qui... Le sue dita si stringevano convulsamente in un'angoscia mortale... Dio glielo avrebbe fatto ritrovare!

Doveva essere vicino, vicinissimo a lei... Dio voleva solo metterla alla prova... Certo, doveva essere così!

Ora il pianto risuonava più vicino... e più forte... La pazzia agitava le sue ali nere, che oscuravano il cielo... tutto il suo cervello non era altro che un fascio di nervi doloranti.

Un solo momento, un solo momento ancora di pietà, o Dio, finché avesse ritrovato il suo bimbo. Disperata, si precipitò innanzi cercando, ma già il rumore del primo passo copriva quel debole suono, le confondeva l'orecchio, e riconduceva fatalmente il suo piede al posto di prima.

Doveva restare là, senza aiuto, immobile come una pietra, per non perdere ogni traccia.

Di nuovo udiva il bimbo, che ora gridava, e la luna penetrava attraverso il parco e si riversava dalle cime degli alberi in onde scintillanti: i fregi dell'urna luccicavano come madreperla umida.

Le ombre dei cipressi le facevano cenno: «Lì, lì, è imprigionato il tuo bimbo, spezza la pietra, presto, prima che soffochi!». Ma la madre non sentiva e non vedeva.

Una luce l'aveva ingannata; si precipitò smarrita nella boscaglia, si graffiò a sangue sulle spine e distrusse il sottobosco come una bestia infuriata.

Le sue grida risuonavano sinistramente per il parco.

Delle figure bianche vennero dal castello, la presero per mano e la condussero pietosamente via che singhiozzava.

La pazzia aveva disteso il suo manto su di lei, e morì la stessa notte.

Il bimbo era morto soffocato, ma nessuno scoprì il suo piccolo cadavere: l'urna lo custodirà finché non sarà ridotto in polvere.

I vecchi alberi, dopo quella notte, sono deperiti e, lentamente, sono seccati.

Solo i cipressi hanno fatto la veglia funebre fino ad oggi.

Non hanno mai più detto una sola parola, e per l'orrore si sono irrigiditi rimanendo immobili.

Ma hanno maledetto in silenzio la croce di legno, finché venne dal nord un uragano, che la schiantò sbattendola a terra.

Nella sua furia selvaggia, la tempesta voleva fracassare l'urna, ma Dio non l'ha permesso; la pietra è sempre giusta, e quella pietra là era stata meno dura d'un cuore umano.

Sento un peso sul petto che mi fa svegliare.

Mi guardo in giro, e lo spazio sotto il cielo è inondato di luce rifratta.

È una luce ardente e malata.

I monti scintillano angosciati uno vicino all'altro, come gli alberi, in modo terrificante. Delle bianche creste di spuma corrono isolate sull'acqua, spinte da una forza misteriosa: il lago, là, sotto di me, è nero come la gola spalancata di un gigantesco cane rabbioso.

Un fascio di luce violacea, quale non vidi mai, è sospeso in una immobilità spaventosa, alto sopra la bufera e, come il braccio d'un fantasma, artiglia il cielo.

Il sogno dell'urna ancora grava su di me come un incubo, ed io sento che è il braccio dell'uragano — lassù — e che la sua mano lontana e invisibile brancola sulla terra alla ricerca di quel cuore che fu più duro della pietra.

Il segreto del Castello di Hathaway

Ezechiele von Marx era il sonnambulo più sonnambulo che io abbia mai conosciuto in vita mia.

Spesso, a metà d'un discorso, poteva cadere in *trance*, e raccontare avvenimenti che si verificavano in luoghi molto lontani, o persino fatti che dovevano svolgersi solo a distanza di giorni o di settimane.

E tutto concordava con tale precisione, da far onore ad uno Swedenborg.

Ora, come si potevano produrre questi stati ipnotici in von Marx, deliberatamente o involontariamente?

Si era fatto tutto il possibile nella nostra ultima riunione, sia da parte dei miei sei amici che mia: una serata intera di esperimenti, l'applicazione delle onde magnetiche, il fumo dell'alloro, ecc., ma nulla era valso a far cadere Ezechiele von Marx nel sonno ipnotico.

«Sciocchezze!», disse finalmente Mr. Dowd Gallagher, uno scozzese. «Vedete bene che non riesce!

Piuttosto, voglio raccontarvi qualcosa, qualcosa di tanto straordinario che si potrebbero perdere giorni e notti senza trovare la soluzione di questo enigma inesplicabile.

È già quasi un anno che ne sentii parlare, e non è trascorso un giorno senza che abbia perso intere ore per cercare di venire a capo d'una spiegazione soddisfacente anche solo in parte.

Come scrittore poi, misi tutto il mio amor proprio nel trovar almeno una soluzione teorica.

Ma fu inutile!

Eppure, io conosco ogni chiave che a tal fine possa essere offerta dall'occultismo dell'Oriente e dell'Occidente.

E voi signori lo sapete!

Trovate voi — se ci riuscite — una spiegazione per questa storia!

Questo mi importerebbe davvero!

Sentite dunque (e si schiarì la voce): per quanto lontano risalgano le cronache di famiglia dei Conti di Hathaway, la stessa cupa sorte si ripete di primogenito in primogenito.

Una tristezza mortale cade sulla vita del figlio maggiore il giorno in cui compie il ventunesimo anno e non lo abbandona più fino alla sua ultima ora.

Con gli occhi sbarrati, fissi innanzi a sé, taciturno e sconsolato — oppure solo a caccia per giornate intere — egli trascorre la vita al Castello di Hathaway, finché il primogenito, divenuto maggiorenne anche lui — secondo la legge, prenda a sua volta il suo posto, ed entri in possesso di quella triste eredità. Fino a poco prima così felice di vivere, allora si tramuta quasi di colpo e, se non è già fidanzato, è quasi impossibile che, dopo, conduca una sposa in quella triste casa.

Pure, nessuno di loro ha finora attentato alla propria vita. Tutta questa tristezza e questo tormento, che non li lascia più per un'ora sola, non sono bastati a far maturare in uno di loro la risoluzione al suicidio...

Sognai una volta che giacevo in un'isola di morti... uno di quei cimiteri maomettani nel Mar Rosso, i cui alberi stentati brillano candidi alla luce del sole quasi inondati di schiuma lattea.

Una "schiuma" bianca formata da milioni di avvoltoi che aspettano immobili. Io giacevo sulla spiaggia e non riuscivo a muovermi. Un indescrivibile, terrorizzante soffio di dissoluzione, proveniva, caldo, dall'interno dell'isola fino a me.

Cadde la notte. Allora il suolo si animò: dal mare, dei gamberi trasparenti di dimensioni spaventose, correvano senza far rumore, sulla sabbia. Erano ipertrofici, ingrassati di cadaveri umani, e mi pareva che uno mi stesse sul collo e mi succhiasse il sangue.

Io non riuscivo a vederlo. Il mio sguardo non arrivava fino a lui, e soltanto una torbida luce azzurrognola cadde sul mio petto dalle spalle, quando il chiaro di luna brillò attraverso il gambero, che era così trasparente da gettare appena un'ombra.

Allora, nell'intimo del mio cuore, supplicai il Signore perché mi usasse la misericordia di spegnere la luce della mia vita.

Calcolavo quando il mio sangue sarebbe finito, eppure speravo ancora nel sole del lontano mattino... Ora penso che, come in quel mio sogno, così anche nella vita dei Conti di Hathaway debba brillare ancora una lieve speranza nonostante il loro lungo, cupo sconforto.

Il fatto è che conobbi personalmente l'attuale erede Viviano, quand'era ancora Visconte Arundale. Lui parlava spesso del suo destino perché si avvicinava il suo ventunesimo compleanno, e aggiungeva con allegra baldanza che, se la peste stessa, col suo aspetto azzurrognolo, al momento decisivo si fosse avanzata verso di lui per afferrare la sua vita, non sarebbe riuscita a sottrargli per un'ora sola l'allegria e la gioventù.

Ci trovavamo allora al Castello di Hathaway. Il vecchio Conte, da settimane, era a caccia su per i monti; non sono mai riuscito a vederlo in viso, e sua moglie, Lady Ethelwyn, la madre di Viviano, afflitta e triste, non parlava quasi più. Soltanto un giorno — mi trovavo solo con lei nella veranda del castello, e per rasserenarla mi ero messo a raccontarle dei tanti pazzi e allegri tiri di Viviano, che offrivano la migliore garanzia circa la sua serenità e la sua spensieratezza — sciolse un po' il ghiaccio e mi disse tutto quello che su quel destino lei stessa aveva in parte letto nelle cronache della famiglia, ed in parte visto e scoperto personalmente negli anni della sua lunga e solitaria vita matrimoniale.

Quella notte non riuscii a pigliare sonno: non riuscivo a liberarmi dalle strane, spaventevoli immagini che le parole di Lady Ethelwyn mi avevano suscitato nell'anima.

Nel Castello c'era una stanza segreta, di cui nessuno conosceva l'ingresso nascosto, nessuno tranne il Conte e il custode, un vecchio cupo e sinistro.

Il giovane Conte doveva, al momento stabilito, entrare in quella stanza. Egli vi restava dodici ore, per poi uscirne pallido... un uomo distrutto!

Una volta, alla Signora era venuta l'idea di far attaccare i capi del bucato ad ogni finestra, e così aveva scoperto che una restava sempre senza biancheria e doveva quindi appartenere ad una stanza il cui ingresso era irreperibile.

Ma qualche volta, sempre nella stessa stagione, tutti provavano l'impressione opprimente e indeterminata che, per qualche tempo, fosse venuto a dimorare nel Castello di Hathaway un ospite invisibile.

Un'impressione questa che, a poco a poco, forse rinforzata da una catena di indizi difficili da specificare, si concretizzava in una sicurezza terrorizzante.

E, una notte di plenilunio in cui Lady Ethelwyn, tormentata dall'insonnia e dal timore, guardava giù nel cortile del Castello, ebbe l'immenso spavento di avere la conferma dai suoi stessi occhi, che il custode conduceva in giro segretamente una figura spettrale, scimmiesca, d'una bruttezza raccapricciante che emetteva una sorta di rantoli soffocati.»

Mr. Dowd Gallagher tacque, poi si mise una mano davanti agli occhi, e si appoggiò contro lo schienale della sedia.

«Queste immagini mi perseguitano ancora oggi», disse poi, continuando la sua narrazione. «Mi vedo dinanzi l'antico castello a forma di cubo, in mezzo ad una radura del parco disposta secondo una strana forma ricurva, fiancheggiata da tristi tassi.

Ecco, come una visione, le finestre a volta col bucato appeso, e una di esse cupa, vuota. E poi... poi... Ma, ho dimenticato di dirvi una cosa.

Sempre quando si comincia a sentire la presenza dell'invisibile ospite, una debole, vaga esalazione — un vecchio servo la trovava simile all'odore delle cipolle — si diffonde per i corridoi della casa.

Che cosa può significare tutto questo?

Alcune settimane dopo aver lasciato il Castello di Hathaway, mi pervenne la notizia che Viviano era diventato malinconico! Anche lui, dunque! Quel caposcarico, che avrebbe affrontato una tigre con i suoi soli pugni!

Ditemi, avete voi una qualche spiegazione, signori miei? Si trattasse pure di un fantasma, di una maledizione, di uno spettro, della peste in persona, Viviano avrebbe pur fatto un tentativo per resistere...»

Tutti alzammo gli occhi spaventati: Ezechiele von Marx stava sulla sua sedia, dritto e rigido come un palo, con gli occhi fissi dinanzi a sé.

Era caduto in *trance*!

Il bicchiere di vino gli era caduto di mano.

Misi subito von Marx in comunicazione psichica, sfregandolo sulla regione del plesso solare e incoraggiandolo a bassa voce.

Presto il medium fu in uno stato in cui tutti noi potevamo comunicare con lui per mezzo di brevi domande e risposte, e così iniziò la seguente conversazione.

IO: Ha qualcosa da dirci?

EZECHIELE VON MARX: Feiglstock.

MR. DOWD GALLAGHER: Che significa?

UN ALTRO SIGNORE: Ma sia più chiaro!

EZECHIELE VON MARX: Feiglstock Attila, banchiere, Budapest, Boulevard Waizner, n. 7.

MR. DOWD GALLAGHER: Non capisco una parola.

IO: Questo ha attinenza col Castello di Hathaway?

EZECHIELE VON MARX: Sì.

UN SIGNORE IN FRAC: Chi è la figura scimmiesca nel cortile del Castello, con la voce rantolante?

EZECHIELE VON MARX: Il Dott. Max Lederer.

IO: Dunque non è Feiglstock?

EZECHIELE VON MARX: No.

IL PITTORE CUBINI: Chi è allora il dottor Max Lederer?

EZECHIELE VON MARX: Avvocato e socio di Feiglstock Attila, banchiere a Budapest.

UN TERZO SIGNORE: Che vuole questo dottor Lederer nel Castello di Hathaway?

EZECHIELE VON MARX: (mormora qualcosa di incomprensibile).

IL PITTORE CUBINI: Ma che c'entrano i Conti di Hathaway con la Banca Feiglstock?

EZECHIELE VON MARX: (mormorando, in profonda *trance*): «...fin dal principio... Corrispondenti dei Conti».

IO: A che cosa vengono iniziati gli eredi del titolo di Conte, in quel certo giorno?

EZECHIELE VON MARX (tace).

IO: Risponda dunque alla domanda.

EZECHIELE VON MARX (tace).

IL SIGNORE IN FRAC (con un ruggito): A che cosa vengono iniziati?

EZECHIELE VON MARX (con sforzo): Ai Co... ai Con... ai Conti di famiglia....

MR. DOWD GALLAGHER (fra sé, pensieroso): Ma già!... Ai conti di famiglia!

Castroglobina

Dulce et decorum est
pro patria mori.

1.

Il Professor Domiziano Dredrebaisel, batteriologo di fama mondiale, aveva fatto una scoperta scientifica di una portata davvero sbalorditiva: ecco quanto correva di bocca in bocca, di giornale in giornale.

C'era da attendersi una riforma del sistema militare, e forse persino l'eliminazione completa del servizio militare non appena il Ministro della Guerra si fosse premurato di mandare a chiamare il celebre scienziato? Così dicevano tutti.

Non appena si venne a sapere che si erano già formati in Borsa delle società per sfruttare la scoperta e mettere a disposizione del Professor Dredrebaisel una forte somma che gli rendesse possibile un urgente viaggio di studi nel... Borneo, fu tutto uno spalancarsi d'occhi e di bocche.

«Di grazia che c'entra il Borneo col Ministro della Guerra?», aveva detto gesticolando il signor Galizenstein, l'accreditato borsista parente dello scienziato, un giorno che l'intervistarono. «Che c'entra il Borneo col Ministro della Guerra? E dove si trova poi il Borneo?»

I giornali, il giorno dopo, riferirono sillaba per sillaba queste parole così simpatiche dell'acuto finanziere, ed aggiunsero ancora che un esperto del Governo Americano, Mr. G.R.S. Slyfox M. D. e F. R. S., era stato ricevuto in udienza dal Professor Dredrebaisel.

La curiosità del pubblico divenne febbrile.

C'erano gli inviati dei giornali che corrompevano gli scrivani al Ministero della Guerra per avere notizie precise sulle ultime invenzioni comunicate al Ministero, mettendo con ciò in luce del materiale che recava ancora una volta la più luminosa testimonianza dello sforzo incessante fatto per perfezionare sempre più il militarismo...

Di un genere del tutto nuovo — così ritenevano le persone del mestiere — era per esempio la proposta di un dispositivo ingegnoso, riguardante il funzionamento del «treno» in caso di guerra o di manovra, che rendeva possibile aumentare da zero a cinque volte i risultati ottenuti.

Addirittura fuori concorso però, e su questo erano tutti d'accordo, era la geniale trovata relativa ad un Consiglio Automatico d'Onore, fatta dal «Capitano di Fanteria Gustavo Comodini», un ufficiale celebre anche al di fuori della sua provincia, per un suo modo tutto personale e fuori del comune di concepire la Parola d'Onore.

Figurarsi: si trattava di un meccanismo facile da maneggiare anche da ogni sottotenente senza istruzione e digiuno di nozioni preliminari... un apparecchio... In breve: era un Codice Automatico d'Onore per gli ufficiali ad acqua compressa — con un tasto unico da girare «in ogni» direzione — che annullava tutte le noiose e faticose ripetizioni e prescrizioni circa la maniera più opportuna di trattare l'onore nei singoli casi, ed al loro posto poneva il semplice congegno meccanico.

Molte, molte trovate di questo genere venivano alla luce, ma non vi era alcuna traccia dell'invenzione o della scoperta del Professor Dredrebaisel.

Si pensò allora di portare pazienza, di lasciar maturare la cosa come i frutti del campo, e di aspettare i risultati della spedizione nel Borneo.

... E passarono i mesi.

Tutte le dicerie sulla grande scoperta erano state messe a tacere da un pezzo, ed avevano ceduto il posto a nuove questioni, quando un giornale europeo diffuse improvvisamente la notizia che il Professor Dredrebaisel, e forse con lui tutti i suoi compagni, erano periti miseramente, e questo, stante le poche parole di un telegramma:

13 Maggio. Silindong, Distretto di Pakpak, Borneo.

(Cablogramma dal nostro corrispondente)

Il Professor Domiziano Dredrebaisel fu ieri notte fatto a pezzi nella sua abitazione da parecchi orang-utang. Molti domestici e inservienti divisero la sua sorte. Il suo assistente, il dottor Slyfox, è scomparso. Lo scrittoio dello scienziato è fracassato. Innumerevoli pezzi di scritti e di appunti dello studioso coprono il pavimento.

Questa fu la breve orazione funebre con cui si seppellì una cosa magnifica...

2.

Coi bottoni sul sedere se ne va fiero
lo Zwockel*: che il pensar non gli sia d'affanno ma*
lo renda anche più fier.

Lettera che un certo Dottor Ipse tre anni dopo scrisse dal Borneo ad un amico

Silindong (Borneo), 1 aprile 1906.

Caro, vecchio mio,
ricordi? Molti anni fa, ci scambiammo la promessa che, se la vita ci avesse messo in presenza di un avvenimento al di fuori dei nostri interessi professionali, e che avesse in sé qualcosa di straordinario o di misterioso — qualcosa che per così dire non rientrasse nel tran-tran dei soliti casi — ce lo saremmo comunicato.

Vedi, mio caro, solo oggi ho la fortuna di annunziarti qualcosa di questo genere, di distrarti a buon diritto dai tuoi scartafacci, o da quant'altro ti occupi il cervello.

Non so però come prenderai lì in Europa il fatto che uno, nel lontano Borneo, osi brandire la scure della scienza contro le radici della venerazione verso tutto quello che tu chiami la «casta militare».

Potessi almeno, quando leggerai questa lettera, vedere per un momento se nella tua anima non si possano al più presto separare l'una dall'altra le nozioni di orgoglio per l'uniforme e quella dell'amor di patria, quasi come l'iscrizione incollata cade da un cavaliere di Pan di Spagna che sia stato troppo inzuppato.

Dimmi: non hai riflettuto da che cosa possa derivare il fatto che le persone civili di una stessa condizione — persino i parrucchieri — si chiamano «colleghi» (in tedesco, equivale a uomini che leggono o studiano qualcosa in comune), mentre nella condizione di *Zwockel* (ti ricordi ancora questo famoso soprannome fonetico e straordinariamente espressivo per indicare gli ufficiali?) ci si chiama a vicenda «camerati»? (da camera = dormire, bighellonare in una stanza comune).

Mi vien sempre in mente a questo proposito il titolo assai appropriato dato dallo scienziato medioevale van Helmont ad uno dei capitoli di un suo libro: «*Quanto havvi di profonda et segreta significatione nelle tue parole et espressioni...*».

Ma ora, a capofitto nel vortice dell'avventura!

Dunque, indovina un po' di chi ho fatto la conoscenza qui!

Nientemeno che di Mr. G. R. S. Slyfox M. D. e F. R. S., l'ex assistente dello sventurato Professor D. D., figurati!

Qui a Silindong, nel cuore delle foreste vergini del Borneo! Il signor Slyfox è proprio l'unico superstite di quella spedizione e, subito dopo la morte del professor D. D. — del quale egli solo, e quasi fin dal principio, aveva proseguito le ricerche — lasciato il Borneo, si era recato in Europa per offrire a parecchi Stati, e prima d'ogni altro a quello che aveva subito mostrato un così vivo interesse e che noi tutti apprezziamo ed amiamo tanto — la sua scoperta o, per meglio dire, la sua invenzione, del tutto perfezionata.

Come si sia sviluppato questo progetto, te lo dirò poi: ti basti sapere che Mr. Slyfox è di nuovo qui a Silindong, povero in canna, a proseguire i suoi studi.

Tu, caro il mio impaziente, vorresti certo sapere in che consisteva l'invenzione del Professor D. D., o per meglio dire di Mr. Slyfox.

Non è vero? Senti dunque.

Per decine di anni, Mr. Slyfox si era occupato di statistiche di vaccinazione, ed era giunto ad osservare che, nelle zone in cui il vaccino non era più ricavato dall'uomo, ma dal vitello, si riusciva a realizzare un impressionante aumento dell'«istinto di difendere la patria», anche laddove non ce n'era alcun motivo.

Da questa osservazione agli esperimenti successivi che fecero epoca, non c'era che un passo, per il cervello inventivo di Mr. Slyfox.

Col colpo d'occhio sicuro dell'americano, per il quale nulla è sacro, egli mise il sintomo citato in diretta connessione con la mentalità inferiore del vitello, e ne derivò una catena di esperimenti.

Già i primi tentativi su alcuni esemplari scelti di maschi di pecora — corretti però chirurgicamente — quelli, in breve, che noi profani chiamiamo «castrati», dettero un risultato splendido. Il vaccino ottenuto da questi castrati — la cosiddetta *Castroglobina Simplex A* — se passava per il sangue di uno o due scimmie, veniva ad acquistare tale efficacia che, innestata in persone giovani, poteva produrre in brevissimo tempo una specie di delirio patriottico di primo grado.

In individui gravati di tare ereditarie, questa condizione in due casi si intensificò fino ad arrivare alla cosiddetta *Patriomania Cronica Progressiva*.

Quale profondo mutamento si produca con ciò anche nella vita artistica del vaccinato, lo dimostra meglio di tutto il caso di uno dei nostri innestati più apprezzati e valenti, un poeta che incominciò il suo ultimo volume di versi con queste righe:

Lei, spada al mio fianco... eeeh,
chi mai può brillare più chiaro di Lei... eeeh!

Ma questo sia detto fra parentesi.

Dapprima, come già sai, lo Stato si interessò molto a questa invenzione che doveva uscire sotto il nome del Professor Dredrebaisel, e un Sindacato si assunse le spese della spedizione.

A Silindong, nel cuore delle foreste vergini del Borneo — la patria dell'orang-utang — furono catturate il più presto possibile circa duecento di quelle scimmie e, immediatamente venne loro iniettata la *Castroglobina Simplex A*.

Mr. Slyfox pensava che il prodotto linfatico elevato alla potenza che si poteva estrarre dalle scimmie, sarebbe stato, data la scarsezza di questi animali, troppo caro per un'applicazione in massa ai militari.

Ora, quello che la scimmia offre di buono per l'aumento del vaccino con la sua essenziale sovrabbondanza di stupidità, poteva certo — o almeno così sperava lo scienziato — essere utilmente compensato dal preponderante elemento scimmiesco dell'orang-utang.

Le funeste conseguenze che avrebbero potuto derivare dal

rinchiudere insieme tanti forti animali, nessuno naturalmente era in grado di prevederle.

La tragica notte in cui le scimmie ruppero le loro gabbie, fecero tutto a pezzi ed uccisero il Professor D. D. e le sue guardie malesi, quella notte per un pelo non costò la vita anche a Mr. Slyfox, che solo per una sorta di miracolo scampò alla morte.

Dopo un'opera di completa distruzione, gli orang-utang tennero consiglio una giornata intera; dapprima fu un mistero assoluto quale fosse il loro scopo finale, ma più tardi questo doveva gettare una luce penetrante sull'efficacia della *Castroglobina* e di quanto ad essa era connesso.

L'americano, da un nascondiglio sicuro, aveva potuto osservare esattamente come le scimmie, dopo uno schiamazzo che pareva non dovesse più aver fine, si erano scelte un capo, proprio quell'esemplare che già durante la cattività si era fatto notare da tutti per la sua cretineria, e subito gli avevano appiccicato sul sedere della carta dorata rinvenuta in una cassa mezza rotta.

Lo spettacolo che si svolse immediatamente davanti agli occhi dello scienziato, era tale da destare il più alto stupore.

Gli orang-utang, divisi in schiere e portando a spalla rami, randelli o quant'altro avevano preso nella furia, serrati e stretti l'uno contro l'altro, sfilarono, ritti sulle zampe posteriori, per il sentiero della foresta, mentre il capo li precedeva con aria d'importanza.

Di tanto in tanto, la scimmia dalla carta dorata emetteva un rimbombante:

Pr-àrm; pr-arm; pr- àrm; pr-arm

e allora le altre cadevano in una specie di cupa estasi.

Questa si esprimeva in modo stranamente animalesco; voltavano il viso a sinistra e battevano la terra coi calcagni come dei pazzi furiosi.

Dev'essere stata una vista indimenticabile. «Per un attimo», sono proprio le parole di Mr. Slyfox, «mi parve di non essere più nella foresta vergine, ma altrove, in tutt'altro luogo. In una qualche capitale europea.

E quando più tardi mi capitò di vedere addirittura come la schiera delle scimmie teneva fermo un esemplare renitente, e faceva dinanzi a lui un fracasso assordante sopra una scatola da cappelli rubata, finché anche lui fu preso dall'estasi patriottica di primo grado, allora un'ondata di nuove idee mi soggiogò.

Queste scimmie, mi dicevo, non hanno mai avuto un modello. Eppure, anche a loro è venuto in mente di ornarsi d'oro il sedere per destare il sentimento bellico, e sono andate a finire in certe istituzioni che, viste alla luce della vera scienza, debbono sicuramente derivare dall'azione di sostanze del genere della *Castroglobina*, che annebbiano il cervello, non importa ora dire se iniettate oppure favorite, come veleni connaturati, nel loro sviluppo entro il corpo, da una cretineria ereditaria...»

Caro vecchio mio, non ti anticipo di proposito lo sviluppo delle idee di Mr. Slyfox, proprio per non privarti del raffinato godimento di poter immaginare da te stesso tutto sino alla fine, senza saperlo prima.

Ora, se affermassi che la presunzione dello Zwockel non ha nulla a che fare col vero amor di patria, mentre deriva in gran parte dall'oscuro desiderio di «far colpo» sugli «spiriti servili» d'ambo i sessi, dimmi un po', non saresti propenso a darmi ragione?

Oppure è possibile che due amici di vecchia data — così provati entrambi dalla vita — possano essere anche per un solo istante di diversa opinione a proposito d'una verità tanto fondamentale?

E non basterebbe d'altra parte rappresentare il livello intellettuale della «condizione di Zwockel»? Naturalmente, ho sempre di mira anche qui un Paese speciale...

Ma non facciamo altre considerazioni.

Voglio solo dirti ancora come si comportarono gli Stati ai quali Mr. Slyfox offrì la *Castroglobina*.

Uno rifiutò decisamente, e volle aspettare di osservarne l'effetto negli altri Stati.

Un altro, al solito in via non ufficiale e per mezzo di un intermediario, dichiarò che il numero preponderante dei suoi abitanti, grazie all'amore dei suoi legittimi principi ed all'effetto profondo e duraturo di quel passo d'un canto patriottico, citato precedentemente, come anche grazie all'ingegnosa trovata dei giocattoli colorati, si trovava già ad uno stadio ottimale.

Quindi, una vaccinazione come quella proposta, alla quale del resto veniva a mancare ogni garanzia data la dolorosa scomparsa del Professor Dredrebaisel, sembra ancora prematura, senza contare che, secondo gli specialisti, non era affatto provato che anche la *Castroglobina* non potesse, come altri tossici, sviluppare dopo qualche tempo la tendenza a formare la cosiddetta sostanza protettiva nel sangue, oltre la quale dovrebbe dare dei risultati opposti.

Del resto, si potrebbero continuare a seguire con vivo interesse le ricerche di Mr. Slyfox, per cui si sarebbe sempre disposti, etc. etc.

... Così, Mr. Slyfox si è arenato con la sua impresa e deve — bene o male — proseguire qui le sue ricerche su animali d'ogni genere.

Ed io lo aiuto.

Restiamo ancora in attesa dei risultati più importanti; perciò siamo decisi a catturare e vaccinare un rinoceronte.

In tal modo — e Mr. Slyfox si impegna a ciò — qualsiasi scettico dovrà persuadersi.

Ma perché tu, vecchio mio, non abbia a tremare per la mia vita, voglio ancora dirti che nessun pericolo ci minaccia più da parte delle scimmie.

Noi ci siamo ornati il sedere con carta d'oro, e purché, all'avvicinarsi degli animali, abbiamo cura di eliminare ogni dimostrazione d'intelligenza, siamo considerati delle autorità, siamo molto rispettati, e non corriamo pericoli. Tu dirai forse che questa è mancanza di carattere da parte mia, ma fammi un po' il piacere: che non si farebbe una volta che si dovesse vivere fra gli orang-utang?

Ma è ora di smettere; fuori, già vicinissimo, sento l'energico:

Pr-àrm; pr-arm; pr-àrm; pr-arm

delle scimmie patriottiche.

Quindi, ti mando in fretta i miei più cordiali saluti

il tuo vecchio amico Egon Ipse.

Il Bramino

Quando il sole, al di là delle vette, scende nel suo sepolcro, una notte dietro l'altra si alza un sinistro urlo spaventoso che sfugge dalle mani adunche del vento, quasi come un animale reso cieco delle tenebre, scacciato dalla giungla, corre verso il chiostro.

Incessante, senza che la voce si abbassi, senza che si innalzi, senza prender fiato, senza diventare più debole o più forte. È l'effigie di Madhu, il Dèmone, una maschera antichissima, gigantesca, scolpita nella pietra, semi sprofondata nella palude, che fra il groviglio delle piante, bianca, con gli occhi vuoti, sorge immobile dalle acque stagnanti come avevano mormorato i monaci.

Annunzia la peste... il Dèmone Madhu!

E il *Maharajah* era fuggito verso il settentrione insieme con la sua corte pieno d'angoscia.

«Quando vengono gli Swami — i santi pellegrini — a celebrare la festa del *Bala Gopala*, e nel loro viaggio passano per questa via, noi chiederemo loro perché l'effigie di pietra nella giungla grida di notte nelle tenebre.» Così avevano deciso gli eremiti.

E la vigilia del *Bala Gopala* i pellegrini erano venuti camminando per la strada luminosa, in silenzio, con gli occhi bassi — nelle loro tonache gialle — simili a morti ambulanti.

Erano quattro uomini che avevano respinto il mondo.

Quattro uomini senza gioie, senza pene, che avevano respinto il peso delle emozioni.

Lo *Swami* Vivekananda, di Trevandrum.

Lo *Swami* Saradananda, di Shambhala.

Lo *Swami* Abhedananda, di Mayavati.

Ed un quarto uomo, vecchissimo, della Casta dei Bramini, del quale nessuno sapeva più il nome.

Erano entrati nel convento per riposarsi, e vi avevano riposato, vigili e padroni delle loro menti, dalla sera fino al mattino.

Poi, quando il sole era tramontato, il vento aveva di nuovo portato l'ululato del viso di pietra come un orribile messaggio.

Un ululato incessante, che non si alzava né si abbassava, incessante... fino a perdere il fiato.

Al tempo della prima vigilia, gli eremiti avevano girato intorno al rispettabile Bramino per tre volte, da sinistra. Di lui nessuno sapeva il nome, ed era così vecchio che Visnù stesso aveva dimenticato il secolo della sua nascita; poi gli avevano chiesto la ragione che induceva il Dèmone, il gigantesco Dèmone, ad ergersi bianco dalla palude, ed a gridare attraverso le tenebre.

Ma il rispettabile Bramino aveva taciuto. Sì aveva taciuto.

Di nuovo, al tempo della seconda e della terza vigilia, i monaci avevano per tre volte girato da sinistra intorno al venerando Bramino, e poi gli avevano chiesto perché la notte l'effigie di pietra mandava il suo urlo terribile attraverso la boscaglia.

E un'altra volta il venerando Bramino aveva taciuto.

Ma quando, la quarta vigilia, gli eremiti girarono per tre volte da sinistra intorno al venerando Bramino, e gli rivolsero la loro domanda, egli aprì la bocca e parlò:

«Non è, o eremiti, quel Madhu, con l'effigie scolpita nella bianca rupe, che grida senza tregua.

Come potrebbe, infatti, o eremiti, essere quel Dèmone?

E quel grido lamentoso durante il giorno, non è ridotto al silenzio dal sole.

Come infatti potrebbe, o eremiti, quel grido lamentoso durante il giorno essere ridotto al silenzio dal sole?

Al calar della notte si desta il vento, e soffia dalle rive della palude sopra la boscaglia e sopra le acque, portando il suono di quell'urlo fin qui al Chiostro di Santokh-Das.

Fin qui, al Chiostro di Santokh-Das.

Ma l'urlo lamentoso risuona dalla sera alla mattina e dalla mattina alla sera, senza tregua: proviene dalle labbra di un penitente cui manca la conoscenza.

Nessun altro, o eremiti, che io sappia, è colui che gridò là.»

Così parlò il venerabile Bramino.

Ma i monaci attesero finché la festa del *Bala Gopala* fu passata da un anno, e allora pregarono l'antichissimo Bramino, il cui nome nessuno più sapeva, affinché calmasse il penitente.

E il venerando si alzò in silenzio e si avviò, nel grigiore mattutino, verso le acque stagnanti.

I bambù si chiusero scricchiolando dietro la sua figura come si chiudono i denti di un pettine d'argento, quando le ballerine del Re sciolgono i lunghi capelli.

Laggiù, attraverso la macchia folta, brilla candida l'effigie di Madhu il Dèmone, e mostra la via al sapiente.

Semisommersa, fissa il cielo con gli occhi vuoti. E la sua bocca spalancata — una grotta di pietra — esala aria gelida verso le cime rupestri.

Con un tremolio di vapore, l'esalazione della palude s'innalza dalle ristagnanti acque e ripiove dal freddo volto di pietra in gocce scintillanti. Sì, in gocce scintillanti.

Dalle vuote pupille scorre giù e solca il liscio volto scolpito cosicché, adagio adagio, ne altera le linee dolorosamente, da mille e mille anni.

Così Madhu, il Dèmone, piange. Madhu il Dèmone, piange!

E sulla sua fronte trasuda il sudore della morte: a mezzodì, quando la boscaglia arde.

Allora il Bramino, in una radura, vide un penitente nudo, in piedi, col braccio destro teso innanzi, rigido, che gridava forte per il dolore.

Incessantemente, senza smettere un istante, senza prendere fiato e senza lasciar cadere d'intensità la voce.

Era smagrito, tanto che le vertebre della spina dorsale sembravano una treccia, le gambe dei bastoni di legno nodoso, e gli occhi infossati delle secche bacche nere.

Ma la mano del braccio disteso stringeva spasmodicamente una pesante palla di ferro irta di punte e, quanto più le dita la stringevano, tanto più profonde le punte penetravano nella carne.

Cinque giorni aspettò là, immobile, il Bramino e, poiché l'asceta non cessava per un istante — neppure il tempo che sarebbe occorso ad un uomo gagliardo per alzare le spalle e riabbassarle di nuovo — dal gridare per il dolore, egli gli girò intorno tre volte da sinistra.

Poi si fermò accanto a lui.

«Mi scusi, Signore», disse allora al penitente, «mi scusi», e qui un piccolo colpo discreto di tosse. «Quale circostanza mai può obbligarla a dare al suo dolore uno sfogo talmente incessante?»

In silenzio, il penitente accennò con lo sguardo alla palla irta di punte nella sua mano.

Allora, il sapiente cadde in un profondo stupore.

Il suo spirito sprofondò nell'abisso dell'essere e del regno delle regioni prime, e paragonò le cose che avverranno con quelle che furono da tempo.

Il senso e il testo dei *Veda* passò dinanzi alla sua memoria, ma egli non vi trovò quanto cercava.

S'immerse in una riflessione sempre più profonda, e parve che il battito del cuore gli si arrestasse in quella meditazione, e che il suo respiro ondeggiante si estinguesse.

Le erbe della palude cambiarono colore ed appassirono: poi venne l'autunno che strinò i fiori, e la pelle della Terra rabbrividì.

E sempre, ancora, il Bramino era immerso nei più profondi pensieri.

La salamandra millenaria era strisciata fuori dalla palude, poi aveva fatto un cenno verso di lui con dita screziate ed aveva bisbigliato a sua moglie:

«O, io lo conosco bene: è vecchissimo e di infinita sapienza, il venerando *Swami*.

Nel centro della Terra, che è la mia patria, ho letto il suo certificato di vaccinazione tutto ingiallito e so esattamente il suo nome e la sua condizione.

È il Principe Protobramino in ritiro, il venerando *Swami* Appic-Catev-Itut-Tinsieme di Ko-Shirsh.»

Così la millenaria salamandra aveva bisbigliato a sua moglie, e poi aveva mangiato tutti e due gli insetti.

Ma il sapiente si era riscosso e, rivolgendosi all'asceta, disse categoricamente:

«La... la... lasci andare la palla, Signore!».

Quando quello aprì la mano, la palla rotolò a terra e, un istante dopo il dolore finì.

«*Ju-hu*», gridò il penitente, e, tutto contento, diritto e libero dal tormento, si allontanò a salti.

Sì, si allontanò proprio a salti.

Il gabinetto delle figure di cera

«È stata una buona idea la tua, di telegrafare a Melchiorre Kreuzer! Tu credi, Sinclair, che accoglierà la nostra preghiera? Se ha preso la prima corsa...», Sebaldo guardò l'orologio, «dovrebbe esser qui da un momento all'altro.»

Sinclair si era alzato e, invece di rispondere, guardava attraverso i vetri della finestra.

Ed ecco che vide un uomo alto e magro che risaliva in fretta la strada.

«Certe volte, lo scorrere dei secondi sfugge alla nostra coscienza, e ci fa così sembrare spaventosamente nuovi i fatti quotidiani: non capita anche a te, Sinclair? È come se ci si svegliasse all'improvviso e ci si riaddormentasse subito, e nel frattempo, per la durata d'un battito di cuore, si fosse verificato un avvenimento significativo, misterioso!»

Sinclair guardò con attenzione il suo amico: «Che vuoi dire?».

«Magari sarà la sfavorevole impressione provata nel gabinetto delle figure di cera», continuò Sebaldo, «ma oggi sono tremendamente impressionabile... Un minuto fa, quando Melchiorre veniva avanti, e vedevo di lontano la sua figura crescere via via a misura che si avvicinava, c'era qualcosa di tormentoso, qualcosa, come potrei dire, qualcosa di evidente per me in ciò, come se la lontananza riuscisse ad inghiottire tutte le cose, siano corpi o suoni, pensieri, fantasie o avvenimenti. O viceversa, noi le vediamo prima piccole in distanza, e poi lentamente crescono tutte, anche quelle che sono immateriali e non possono estendersi nello spazio. Ma non so trovare le parole adatte; capisci quello che intendo dire? Sembra che tutte le cose siano sottoposte alla stessa legge!»

L'altro approvò col capo, soprappensiero.

«Già, e anche molti avvenimenti e molte idee che si insinuano furtivamente, come se "là" ci fossero dei rilievi del suolo o qualcosa di simile, dietro i quali avessero potuto nascondersi. All'improvviso, balzano fuori di dietro un nascondiglio, ed eccoli inattesi e giganteschi presentarsi davanti a noi.»

In quel momento si sentì aprire la porta e, subito dopo, il Dottor Kreuzer entrò nell'osteria.

«Melchiorre Kreuzer, Cristiano Sebaldo Obereit, chimico», disse Sinclair, presentandoli l'uno all'altro.

«Mi immagino la ragione per cui mi hanno telegrafato», disse il nuovo venuto. «Si tratta dell'antico problema della signora Lucrezia? Me lo sono sentito nelle vene anch'io, quando ieri ho letto sul giornale il nome di Mohammed Daraschekoh. Avete già scoperto qualcosa? È lo stesso uomo?»

Sulla piazza del mercato, non lastricata, c'era il gabinetto delle figure di cera e, sui cento piccoli specchi smerigliati che in cima alla tenda formavano sfaccettate le parole

Museo Orientale di Mohammed Daraschekoh
presentato da Mr. Congo-Brown,

brillava roseo l'ultimo bagliore del tramonto.

Le pareti di tela della tenda, dipinte rozzamente con scene eccitanti, selvagge, ondeggiavano un poco e si gonfiavano ogni tanto come gote dalla pelle troppo tesa, quando qualcuno, trafficando nell'interno, vi si appoggiava contro.

Due scalini di legno conducevano all'ingresso, e lassù, sotto un riparo di cristallo, stava la figura di cera a grandezza naturale di una donna con una maglia ornata di lustrini.

Col suo viso scialbo, dagli occhi di vetro, si volgeva adagio a guardar giù la gente che si affollava attorno alla tenda, passando dall'uno all'altro; poi guardava di fianco, come se aspettasse un cenno segreto dal bruno Egiziano che sedeva alla cassa. Faceva alcuni bruschi movimenti con la nuca facendo ondeggiare i lunghi capelli neri e, dopo un poco, esitando, tornava a fissare sconsolata davanti a sé e ricominciava gli stessi movimenti.

Di tanto in tanto, la figura storceva all'improvviso le braccia e le gambe, come per un violento crampo, gettando indietro la testa con impeto e inarcandosi fino a toccare i calcagni con la fronte.

«Quel motore mette in moto il meccanismo che produce queste orribili contorsioni», spiegò Sinclair sottovoce, ed indicò la macchina bianca dall'altro lato dcll'ingresso che, lavorando a quattro tempi, produceva un rumore cadenzato.

«Elettricità, vita, sì: è tutto vivo, sì», sogghignava l'Egiziano, mostrando un manifesto stampato. «Fra mezz'ora si inizia, sì.»

«Crede lei possibile che quell'arabo sappia qualcosa circa la dimora di Mohammed Daraschekoh?», domandò Obereit.

Ma Melchiorre Kreuzer non lo udì. Era immerso nello studio del manifesto, e mormorava fra sé i passi che spiccavano in modo speciale.

«*I gemelli magnetici Vayu e Dhanàndschaya (con canto)*... che c'è? Hanno visto anche questo ieri?», domandò all'improvviso.

Sinclair disse di no. «Gli artisti vivi debbono prodursi oggi per la prima volta, e...»

«Lei conosceva bene Tommaso Charnoque, il marito di Lucrezia, non è vero? Lo conosceva personalmente, Dottor Kreuzer?», chiese Sebaldo Obereit.

«Certo, eravamo amici da anni.»

«E lei non pensava che potesse meditare qualcosa di male contro il bimbo?»

Il Dottor Kreuzer scosse il capo. «Mi accorsi subito di una malattia mentale che si stava insinuando lentamente nel suo essere, ma nessuno poteva supporre che dovesse esplodere così all'improvviso. Lui tormentava la povera Lucrezia con tremende scene di gelosia e, quando noi, i suoi amici, gli dimostravamo come fossero infondati i suoi sospetti, ci ascoltava appena. Era un'idea fissa per lui! Poi, quando venne il bambino, pensammo che sarebbe migliorato. E sembrò che fosse così. Ma la sua diffidenza non aveva fatto che diventare più profonda, e un giorno ricevemmo l'orribile notizia che era improvvisamente impazzito, che aveva smaniato e gridato e, dopo aver preso il bimbo in fasce dalla culla, era scappato via.

Tutte le ricerche furono infruttuose. Ci fu chi pretese di

averlo visto insieme con Mohammed Daraschekoh in una stazione ferroviaria. Alcuni anni dopo, venne dall'Italia la notizia che uno straniero, chiamato Tommaso Charnoque, che spesso si vedeva in compagnia d'un bimbo e di un orientale, era stato trovato impiccato. Ma di Daraschekoh e del bambino, nessuna traccia.

Dopo d'allora abbiamo tanto cercato invano! Perciò non me la sento di credere che la scritta su questo gabinetto si riconnetta con quell'asiatico. D'altra parte, ecco ancora lo straordinario nome Congo-Brown... Non so liberarmi dall'idea che Tommaso Charnoque potesse esserselo lasciato sfuggire prima di tanto in tanto. Mohammed Daraschekoh, però, era un persiano di nobili origini, che aveva una cultura quasi senza pari; come sarebbe potuto finire in un gabinetto di figure di cera?»

«Forse Congo-Brown era il suo servo, ed ora abusa del nome del padrone?», suppose Sinclair.

«Può essere... Bisogna seguire la traccia. Non riesco a levarmi dalla testa che sia stato l'asiatico a coltivare in Tommaso Charnoque l'idea di rapire il bambino, forse anzi a suggerirgliela.

Lui odiava Lucrezia oltre ogni dire. A giudicare dalle parole che lei diceva, mi parve di capire che l'avesse perseguitata a lungo, sebbene la donna lo aborrisse. Ma può anche esservi un altro segreto più profondo, che potrebbe spiegare il suo desiderio di vendetta! Però, da Lucrezia non si può tirar fuori nient'altro, e l'emozione la fa quasi venir meno, solo che si sfiori questo tasto.

In genere, Daraschekoh era il cattivo genio di quella famiglia. Tommaso Charnoque era caduto completamente preda del suo fascino, e ci aveva spesso confidato che riteneva il persiano l'unico essere vivente iniziato ai raccapriccianti misteri di una specie pre-adamitica dotata di facoltà segrete, in base alle quali si può scomporre l'uomo in parecchi elementi vivi. Com'è naturale, noi consideravamo Tommaso uno stravagante, e Daraschekoh un malvagio impostore, ma non c'era verso di trovare delle prove e di scoprire il suo gioco segreto...

Ma credo che lo spettacolo stia cominciando. L'Egiziano non sta accendendo i lumi attorno alla tenda?»

Il numero del programma «*Fatma, la perla dell'Oriente*» era finito, e gli spettatori si riversavano di qua e di là o guardavano, attraverso i fori praticati nelle pareti coperte di panno rosso, un rozzo panorama dipinto che rappresentava la rivolta di Dehli.

Altri stavano muti davanti ad un sarcofago di cristallo nel quale giaceva un turco morente, che respirava a fatica, col petto insanguinato trapassato da una palla di cannone, ed i margini della ferita bruciati e bluastri.

Quando la figura di cera alzava le palpebre plumbee, lo scricchiolio del meccanismo passava leggermente attraverso la cassa, e molti appoggiavano l'orecchio alla parete di vetro per sentirlo meglio.

Il motore all'ingresso, battendo il tempo, metteva in moto una specie di organo.

Una musica a sbalzi, sfiatata, emetteva certi suoni forti e sordi allo stesso tempo, che avevano qualcosa di singolare, di smorzato, come se risuonassero sott'acqua.

C'era nella tenda un odore di cera e d'olio di lampade fumose.

N. 311: «*Obeah Wanga, Craniomagico dei Vindous*», spiegò Sinclair, leggendo sul suo foglietto, mentre osservava con Sebaldo, in un angolo, tre teste umane recise, che con una fedeltà straordinaria, la bocca e gli occhi spalancati, guardavano fisso con orribile espressione da una cassa murata sulla parete.

«Se non sai che sono di cera, pensi che siano vere!», disse Obereit stupefatto, tirando fuori una lente. «Soltanto, non capisco come possano essere state preparate. È straordinario! Tutto il taglio del collo è coperto di pelle, o questa vi è cresciuta sopra. E non mi riesce di scoprire nessuna cucitura! Si direbbero proprio delle zucche cresciute liberamente, senza aver mai riposato su spalle umane... Se solo si potesse alzare un po' la campana di vetro!»

«Tutta cera, qui, cera viva. Qui teste di cadaveri molto belle, e all'odore... Sì...», disse improvvisamente dietro di loro l'Egiziano. Era scivolato lì vicino, senza che se ne fossero accorti, e la sua faccia si contraeva come se soffocasse una pazza voglia di ridere.

I due si guardarono spaventati.

«Purché il negro non ci abbia sentiti; un minuto fa parlavamo ancora di Daraschekoh», rifletté poco dopo Sinclair.

«Chi sa che al Dottor Kreuzer non riesca di interrogare Fatma? Alla peggio, potremmo invitarla stasera a bere un bicchiere di vino. È sempre là dentro a parlare con lei.»

La musica cessò un istante di suonare; fu battuto sopra un gong, e una stridula voce di donna, dietro una tenda, gridò:

«Vayù e Dhanàndschaya, i gemelli magnetici, di otto anni... La più grande meraviglia del mondo! I gemelli che cantano!».

La gente si accalcò intorno al palco, in fondo alla tenda.

Il Dottor Kreuzer era rientrato e, afferrando il braccio di Sinclair mormorò: «Ho già l'indirizzo: vive a Parigi, sotto un altro nome. Eccolo qui». E mostrò ai due amici, di nascosto, un pezzetto di carta. Bisognava partire col primo treno per Parigi!

«Vayù e Dhanàndschaya... i gemelli che cantano», gridò di nuovo la voce.

Il sipario si aprì lateralmente, ed a passi vacillanti comparve sul palco un mostruoso essere vestito da paggio, con un pacco sul braccio...

Sembrava il cadavere di un annegato, con un vestito coperto di toppe variopinte di velluto con dei galloni d'oro.

Un moto di ribrezzo passò tra la folla.

Quell'essere aveva la corporatura di un adulto, ma i lineamenti d'un bambino. Viso, braccia, gambe, tutto il corpo e le dita stesse, erano gonfie in modo indescrivibile.

Tutta quella creatura, a guisa di un sottile caucciù, pareva gonfiata.

La pelle delle labbra e delle mani era incolore, quasi trasparente, come se fosse piena d'aria o d'acqua, e gli occhi spenti e senza alcun segno d'intelligenza.

Il suo sguardo vitreo si spostava incessantemente in giro.

«Vayù, il fratello maggiore», spiegò in un dialetto straniero la voce femminile e, di dietro al sipario, con un violino in mano, uscì una figura di donna in costume di domatrice, con degli stivali rossi alla polacca orlati di pelliccia.

«Vayù», ripeté, indicando l'essere con l'archetto del violino.

Poi aprì un quaderno e lesse ad alta voce:

Questi due bimbi di sesso maschile hanno già otto anni, e sono la più grande meraviglia del mondo. Sono attaccati soltanto da una specie di cordone ombelicale lungo tre braccia e trasparentissimo: e, se se ne separa uno, anche l'altro muore. Tutti i sapienti se ne stupiscono. Vayù è molto sviluppato per la sua età, ma è rimasto indietro con l'intelligenza, mentre Dhanàndschaya ha una acutezza di spirito penetrante anche se è così piccolo. Come un neonato. Perché è nato senza pelle, e non può crescere. Va tenuto in una vescica d'animale con acqua calda di funghi. È il più grande scherzo di natura che esista.

La donna fece quindi un cenno a Vayù in seguito al quale questi svolse esitando il pacco che aveva sul braccio.

Ne venne fuori una testa grossa come un pugno, dagli occhi acuti.

Era un volto, coperto da una rete di vene azzurrognole, un viso di neonato ma con un'aria da vecchio e con un'espressione così perfidamente stravolta dall'odio, così maligna, così piena di tale indescrivibile depravazione, che gli spettatori si ritrassero involontariamente.

«Mi... mi... mio flatello D... D.... Dhanàndschaya», balbettò l'essere gonfio, ricominciando a guardare incessantemente il pubblico...

«Portatemi fuori, mi pare... di svenire... Dio del Cielo!», mormorò Melchiorre Kreuzer.

Gli amici lo accompagnarono, semincosciente, a lenti passi attraverso la tenda, sotto lo sguardo scrutatore dell'Egiziano.

La donna aveva imbracciato il violino, e la sentivano ancora strimpellare un motivo che l'essere gonfio accompagnava cantando con voce quasi afona:

Io avevo un compagno
non se-ne-dà-il mi-lior.

E il neonato, incapace di articolare le parole, strillava con tono stridulo le sole vocali:

Jiii-à-u-ò-a-oò
ooòee-eà-ii-i-oò.

Il Dottor Kreuzer si appoggiò al braccio di Sinclair, ed aspirò profondamente l'aria fresca.

Dalla tenda venivano gli applausi degli spettatori.

«È il viso di Charnoque! Che orribile somiglianza!», gemette Melchiorre Kreuzer. «Ma come sia possibile... non arrivo a capirlo.

Mi è cominciato a girare tutto davanti agli occhi, come se stessi per venir meno.

Sebaldo, mi faccia il piacere: mi chiami una carrozza. Voglio andare dalle Autorità. Bisogna fare qualcosa: loro due partano subito per Parigi. Devono far imprigionare Mohammed Daraschekoh su due piedi.»

I due amici sedevano di nuovo insieme, guardando dalla finestra della stessa osteria Melchiorre Kreuzer che risaliva la strada a passi affrettati.

«Proprio come allora», disse Sinclair. «La sorte, certe volte, fa una grande economia di scene!»

Si sentì girare la serratura; il Dottor Kreuzer entrò nella stanza, e si strinsero la mano.

«Lei ci deve un lungo rapporto», disse infine Sebaldo Obereit, dopo che Sinclair ebbe riferito minutamente come per due mesi interi avessero invano dato la caccia al persiano per tutta Parigi. «Ci ha scritto sempre così poche righe!»

«Ho perso ogni voglia di scrivere, e quasi anche di parlare», si scusò Melchiorre Kreuzer. «Mi sento così vecchio dopo d'allora! Il vedersi circondati da sempre nuovi misteri matura più che non si creda. I più non arrivano a capire che significhi per certi uomini avere un mistero eternamente insolubile da trascinarsi dietro! E poi, dover assistere ogni giorno agli sfoghi di dolore della povera Lucrezia! È morta da poco, questo ve l'ho scritto: morta, distrutta dal dolore.

Congo-Brown scappò di prigione, e così ecco inaridite le ultime sorgenti alle quali si sarebbe potuta attingere la verità.

Un giorno, più tardi, vi racconterò diffusamente ogni cosa, quando il tempo ne avrà mitigato l'impressione: ora mi fa ancora troppo male.»

«Sì; ma non si è dunque trovato proprio nessun punto d'appiglio?», domandò Sinclair.

«Fu un quadro tremendo, quello che ci si parò davanti, cose che i nostri criminologi non riuscirebbero a credere, non arriverebbero a credere! Cupa superstizione, un cumulo di menzogne, illusione isterica, ecco come lo si qualificò; eppure, c'erano molte cose spaventosamente chiare.

Io allora non esitai a farli arrestare tutti. Congo-Brown confessò di aver ricevuto in dono i gemelli e tutto quanto il Museo di Mohammed Daraschekoh in ricompensa di precedenti servizi. Vayù e Dhanàndschaya sarebbero stati un essere doppio, prodotto artificialmente, che il persiano aveva preparato otto anni prima servendosi d'un solo bimbo (il bimbo di Tommaso Charnoque), senza annullarne la vitalità. Egli avrebbe soltanto scomposto diverse correnti magnetiche che ciascun essere umano possiede, e che si possono separare l'una dall'altra con certi metodi segreti, e poi, con l'aiuto di sostanze animali, avrebbe infine ottenuto che da un corpo ne fossero fatti due, con qualità e caratteri esteriori del tutto diversi.

Del resto, Daraschekoh era pratico delle arti più straordinarie. Anche quei certi tre crani Obeah-Wanga non erano nient'altro che residui di esperimenti e, molto tempo prima, erano stati vivi. Questo attestarono anche Fatma, l'amante di Congo-Brown, e gli altri, che erano poi tutti quanti degli esseri... innocui.

Fatma aggiunse che Congo-Brown è epilettico, e che durante certe fasi lunari va soggetto ad una strana eccitazione, durante la quale crede di essere lo stesso Mohammed Daraschekoh. In queste occasioni, il cuore e il respiro gli si fermano, e i lineamenti gli si trasformano, in modo tale che, a quanto pretendono i suoi compagni, si crederebbe di aver dinanzi Daraschekoh (che essi prima avevano visto spesso a Parigi). Ma c'è di più: egli emana una forza magnetica talmente forte che, senza pronunciare alcun ordine, può obbligare chiunque a imitare tutti i movimenti o le contrazioni di cui è capace.

Provoca negli altri una specie di Ballo di San Vito che è assolutamente irresistibile. Possiede anche una strana flessibilità, e dispone, per esempio, in modo assoluto, di tutte quelle particolari doti dei Dervisci con le quali si possono produrre i fenomeni e i mutamenti psichici più misteriosi — era il persiano che gliele aveva insegnate — e che sono così difficili, che nessun contorsionista al mondo è capace di imitarle.

Nel loro viaggio col gabinetto delle figure di cera di città in città, era anche accaduto qualche volta che Congo-Brown avesse cercato di impiegare questa forza magnetica per istruire dei ragazzi a diventare uomini-serpenti. Ma ai più si era rotta la spina dorsale; in altri invece aveva agito con troppa forza sul cervello, ed erano diventati degli idioti.

I nostri medici, naturalmente, scuotevano il capo alla deposizione di Fatma; ma quello che accadde dopo, deve aver dato loro molto da pensare. Congo-Brown scappò dalla stanza dell'interrogatorio attraverso una camera vicina, ed il giudice istruttore racconta che, proprio mentre voleva stendere il processo verbale del negro, questi improvvisamente si era messo a fissarlo facendo dei movimenti strani con le braccia. Colto dal sospetto, aveva voluto gridare per chiedere aiuto, ma subito era caduto in catalessi, e la lingua gli si era storta automaticamente in una maniera della quale non riusciva più a ricordarsi, e poi aveva perso conoscenza.»

«Dunque, non si poté sapere proprio nulla del modo e dei mezzi con cui Mohammed Daraschekoh riuscì a produrre quell'essere doppio senza uccidere il bambino?», chiese Sebaldo.

Il Dottor Kreuzer scosse la testa.

«No. Ma mi è tornato spesso in mente quello che Tommaso Charnoque mi aveva raccontato in precedenza.

Era solito dire che la vita dell'uomo è qualcosa di diverso da quello che noi pensiamo; si compone di parecchie correnti magnetiche che s'incrociano, parte dentro e parte fuori del corpo, e i nostri scienziati si sbagliano quando dicono che un uomo cui si togliesse la pelle, dovrebbe morire per mancanza di ossigeno. L'elemento che la pelle aspira dall'atmosfera è qualcosa di ben diverso dall'ossigeno. E la pelle non assorbe neppure questo fluido: essa è soltanto una specie di riparo che serve a rendere possibile a quella corrente di espandersi alla superficie. È come una rete di fil di ferro, se la si immerge nell'acqua saponata e la si copre di schiuma di sapone.

Anche le qualità spirituali dell'uomo, secondo lui, ricevono la loro impronta in base al prevalere dell'una o dell'altra corrente. Per cui, è al prevalere di una di queste forze che è dovuta la formazione d'un carattere tanto malvagio da oltrepassare ogni nostra possibilità di comprensione.»

Melchiorre tacque un istante lasciando correre il proprio pensiero.

«E quando mi ricordo la spaventosa caratteristica del nano

Dhanàndschaya, per cui ringiovaniva continuamente, trovo in tutto questo solo una tremenda prova di questa teoria.»

«Lei parla come se i gemelli fossero morti: è così?», domandò Sinclair stupito.

«Da pochi giorni!... Ed è un bene... il liquido nel quale uno dei due nuotava per quasi tutto il giorno, si prosciugò, e nessuno ne conosceva la composizione.»

Kreuzer guardò fisso davanti a sé e rabbrividì. «Ma erano cose tanto orribili, tanto indicibilmente spaventose... È una benedizione del cielo che Lucrezia non le abbia sapute!... Che almeno questo le sia stato risparmiato! La sola vista di quell'orribile essere doppio bastò ad annientarla! Fu come se l'istinto materno fosse stato lacerato per metà.

Ma per oggi non voglio più parlare di tutto questo! L'immagine di Vayù e Dhanàndschaya... mi fa ancora impazzire...»

Rimase assorto per un po', poi balzò improvvisamente in piedi.

«Portatemi del vino... non voglio pensarci più. Presto, qualcosa di diverso. Musica... qualcosa, purché siano altri pensieri! Musica...!»

Andò barcollando verso un lucido juke-box automatico appoggiato alla parete, e vi mise una moneta.

La sentì cadere nell'interno.

La macchina si mise in moto.

Poi si levarono tre note e, un istante dopo, risuonò forte, per la stanza, la canzone:

> Io avevo un compagno
> non se ne dà il milior...

L'anello di Saturno

Gli Adepti salirono a tentoni — un passo dietro l'altro — la scala a chiocciola.

L'Osservatorio era immerso nelle tenebre e, sui lucenti automatismi d'ottone del telescopio, pioveva dall'alto, nella sala circolare, la tenue e gelida luce delle stelle.

Girando gli occhi lentamente di qua e di là, e lasciando vagare lo sguardo, si poteva vedere quella luce far sprizzare fasci di scintille dal pendolo metallico appeso al centro del soffitto.

Le tenebre del suolo assorbivano le goccioline brillanti che cadevano dai macchinari puliti e lucidati.

«Il Maestro oggi si occupa di Saturno», disse Wijkander dopo un po', accennando col dito al grande telescopio che si protendeva attraverso l'abbaino come il rigido, umido tentacolo di una gigantesca lumaca.

Nessuno degli Adepti rispose; né si stupirono quando, avvicinandosi alla lente, trovarono conferma alle parole di Axel Wijkander.

«Questo per me è un mistero. Come mai un uomo può così, nella semi oscurità, riconoscere dalla semplice posizione del telescopio su quale astro è diretta la lente?», disse una voce in tono di stupore. «Come fa a saperlo con tanta precisione, Axel?»

«Io sento che la stanza è piena dell'influsso malefico di Saturno, Dottor Mohini. Mi creda: i telescopi, come imbuti vivi, succhiano dalle stelle verso le quali sono rivolti e attirano nel vortice delle loro lenti, i loro raggi, sia quelli luminosi che quelli opachi!

Chi — come io faccio da molto tempo — vigila la notte coi sensi in agguato, non impara soltanto a sentire il lieve, inafferrabile respiro degli astri, ed a distinguerli; non percepisce soltanto il loro fluttuare, il loro ondeggiare, e come si impadroniscono del nostro cervello con una tacita presa annullando i nostri propositi e mettendone altri al loro posto; o come queste forze maligne, piene d'odio, lottano in silenzio per avere il predominio nel dirigere il vascello della nostra sorte... Egli, vegliando, impara anche a sognare ed a vedere come in certe ore della notte i fantasmi inanimati dei morti corpi celesti si insinuino, avidi di vita, nel regno della realtà, e illudano misteriosamente l'intelligenza per mezzo di strane mimiche esitanti, che destano un vago, indicibile raccapriccio nel nostro animo... Ma accendiamo il lume, altrimenti potremmo, in questa oscurità, rovesciare degli oggetti sulla tavola, e al Maestro non è mai piaciuto che si cambi di posto alle cose.»

Uno degli amici si accostò alla parete e cercò a tentoni la lampada elettrica. Si sentì il leggero fruscio delle sue dita che scorrevano cercando sulla parete poi, d'un tratto, si accese la luce, e il giallo splendore dell'ottone del pendolo metallico e del telescopio creò una nota vivace nella stanza.

Il cielo notturno, che ancora premeva pieno di lusinghe la sua tenue pelle di velluto contro la finestra, indietreggiò improvvisamente, e nascose il volto lontano, lassù, nel freddo spazio dietro le stelle.

«Ecco la grande boccia rotonda... là, Dottore», disse Wijkander, «quella di cui le parlai ieri e che servì al Maestro per la sua ultima esperienza.

E da questi due poli metallici alle pareti — guardi qui — si sprigionarono le correnti alternate, le cosiddette onde hertziane, che avvolsero la boccia in un campo elettrico.

Lei ci ha promesso solennemente, Dottore, di serbare l'assoluto silenzio su tutto ciò che vedrà a saprà, e di assisterci con la sua scienza quale medico, per il meglio che saprà fare.

Ora, quando il Maestro verrà qui e, ignorando d'essere osservato, farà quello di cui l'ho già prevenuta ma di cui non ho potuto dirle di più, crede di poter accertare, senza lasciarsi influenzare dagli atti esterni, ma solo con la muta osservazione del suo comportamento, se la pazzia sia assolutamente da escludere?

Potrà far tacere i suoi preconcetti scientifici tanto da riuscire a riconoscere ciò che succederà? Sì, è una condizione di spirito a me ignota: forse si tratta di quello stato di profonda sonnolenza che suole essere chiamato *Turya-trance*, qualcosa che la scienza non ha ancora visto, ma che non è pazzia!

Avrà il coraggio di ammettere tutto questo apertamente, Dottore? Vede: soltanto il desiderio di salvare il Maestro dalla rovina, ci ha indotti a rischiare il difficile passo di condurla qui e di lasciarle vedere cose che l'occhio d'un profano non ha mai vedute.»

Il Dottor Mohini guardò davanti a sé.

«Farò onestamente quanto posso, e terrò presente tutto ciò che lei desidera e che mi ha confidato ieri; ma, se considero bene ogni cosa, vedo che c'è da perderci la testa. Esiste proprio una scienza, una vera scienza occulta, che ha indagato e si è impadronita d'uno smisurato campo di cose, di cui non sospettiamo affatto l'esistenza?

Lei non parla soltanto di Magia, ma di Magia Nera o Bianca; io la sento parlare dei misteri d'un regno verde, occulto, e di invisibili abitanti d'un mondo violetto!

Lei stesso esercita... questa Magia Violetta che, come dice, appartiene ad un'antichissima Confraternita, che custodirebbe questi misteri arcani provenienti da un'antichissima nebulosa.

E parla dell'"anima", come di qualcosa di provato! Una fine vertebra materiale dovrebbe essere quella che ne trasmette la precisa coscienza?

E non basta! Il suo Maestro avrebbe imprigionato in quel recipiente di vetro là, una di queste anime, mettendo la boccia sotto il campo dell'oscillatore hertziano? Non posso farne a meno, ma Dio lo sa, questa è una vera...»

Axel Wijkander, respinta con impazienza la sedia, andò di malumore vicino al grande telescopio, e vi guardò dentro.

«Già, che potremmo dirle d'altro, Dottor Mohini?», disse finalmente, esitando, uno degli Adepti. «È proprio così: il Maestro ha tenuto isolata per lungo tempo in questa boccia un'anima umana, l'ha sciolta dai veli che l'avvolgevano — uno dopo l'altro, così come si libera una cipolla dalle sue bucce — ne ha affinato le forze e... un giorno essa è fuggita, oltrepassando la parete di cristallo e il campo elettrico isolante, e se n'è volata via!...»

In quel momento, un forte grido di Axel Wijkander lo interruppe, e tutti alzarono gli occhi stupiti.

Wijkander gridò a perdifiato: «Un anello, un anello "dentato". È bianchiccio, traforato; ma è incredibile, inaudito!», continuava a gridare.

«Un nuovo anello! Si è formato un nuovo anello attorno a Saturno!»

Uno dopo l'altro guardarono nella lente, e non stavano in loro dallo stupore.

Il Dottor Mohini, che non era un astronomo, e non poteva né comprendere né apprezzare in tutta la sua prodigiosa portata l'apparire d'un fenomeno quale il formarsi di un nuovo anello di Saturno, aveva appena cominciato a fare alcune domande, quando si sentirono dei passi pesanti salire la scala a chiocciola.

«Tutti al vostro posto, per l'amor di Dio! Girate l'interruttore: ecco il Maestro!», ordinò Wijkander con furia selvaggia. «E lei, Dottore, resti nascosto nella sua nicchia, qualunque cosa accada: capito? Se il Maestro la vede, tutto è perduto.»

Un istante dopo, l'Osservatorio era di nuovo immerso nella più completa oscurità e in un silenzio di morte.

I passi continuavano ad avvicinarsi; una figura avvolta in una bianca tunica di seta entrò nella stanza, ed accese una piccola lampada sulla tavola che proiettò uno stretto cerchio di luce abbagliante.

«Mi strazia l'anima», mormorò Wijkander all'orecchio del suo vicino, «vedere come l'affanno ha lasciato l'impronta sui lineamenti del povero Maestro.»

Il vecchio andò al telescopio, vi guardò dentro a lungo e, barcollando come fosse affranto, tornò presso la tavola.

«L'anello cresce di ora in ora: ecco, ha persino mostrato dei denti! È spaventoso!», gli sentirono dire gli Adepti, con accento disperato, e lo videro nascondere il volto fra le mani con cocente dolore.

Rimase così seduto a lungo e i discepoli nei loro nascondigli piangevano silenziosamente.

Infine, balzando in piedi, con violenta decisione trascinò la boccia accanto al telescopio, e le pose vicino, per terra, tre oggetti di cui non si riusciva a distinguere la forma.

Poi si inginocchiò rigidamente in mezzo alla stanza, assumendo con le braccia e col petto delle posizioni strane, simili a figure geometriche ed a triangoli, e intanto mormorava delle frasi monotone, dalle quali di tanto in tanto erompevano delle vocali strascicate simili ad ululati.

«Dio misericordioso, proteggi la sua anima!», mormorò sbalordito Wijkander agli altri. «Vuole imprigionare l'anima sfuggita dall'universo. Se non gli riesce, finirà per suicidarsi. Fratelli: state bene attenti ai miei cenni, e poi saltate su. E tenete saldi i vostri cuori: la sola vicinanza del Tifone può farne scoppiare i ventricoli!»

L'Adepto stava sempre inginocchiato, immobile, mentre i suoni diventavano sempre più forti e ululanti.

La piccola fiamma sulla tavola gettò un'ombra sinuosa, poi cominciò a covare soffocata come un occhio ardente attraverso la stanza, e parve che la sua luce, fra piccoli palpiti appena percettibili, assumesse sempre più una tinta d'un viola verdognolo.

Il mormorio dell'esorcista era cessato; ma, a intervalli fissi seguiti da lunghe pause, la sua voce urlava vocali che passavano strazianti per l'aria.

Non vi era alcun altro suono. Una quiete eccitante, spaventosa, come una pena mortale, pervadeva tutto...

Su ciascuno pesava l'impressione che ogni cosa intorno fosse ridotta in cenere, e che lo spazio sprofondasse con furiosa rapidità chissà dove, in una direzione incerta, sempre più giù, nell'opprimente regno del passato.

Poi, improvvisamente, vi fu un molleggiare a tentoni attraverso la stanza, come d'un corpo floscio, invisibile, che fuggisse in fretta con corti, rapidi salti.

Sul suolo comparvero delle palme di mani violette, luminose; sdrucciolarono incerte, brancolando di qua e di là, poi vollero tendersi dalla superficie verso i corpi, e ricaddero senza forza. Degli esseri sbiaditi, fantomatici — resti macabri e senza cervello di uomini — si erano staccati dalle pareti, ed erravano in giro senza senso, senza meta, semicoscienti, con andature barcollanti, a tentoni. Erano degli storpi, che gonfiavano le gote in risate misteriose da mentecatti — adagio e furtivamente come se volessero mascherare qualche perfido ed inesplicabile progetto — o guardavano con fissità maliziosa in distanza per lanciarsi avanti all'improvviso di qualche passo, fulminei come vipere.

Senza rumore, dal soffitto cadevano dei corpi vescicosi, che si voltavano e strisciavano in giro: erano gli orribili ragni bianchi che popolano la sfera dei suicidi, e che tessono, dalle croci mutilate, la rete del passato che cresce incessantemente di ora in ora.

Un gelo d'orrore si sparse nella stanza: era l'inafferrabile proiettarsi all'esterno d'ogni pensiero e d'ogni comprensione, la soffocante agonia che non ha più radici e non si basa su alcuna causa, l'informe genesi del terrore.

Ed ecco risuonare un tonfo sul pavimento; il Dottor Mohini era piombato al suolo, morto.

Stava col volto supino, la bocca spalancata. «Tenete saldi i cuori, il Tifone...», si sentì gridare da Axel Wijkander, e poi, da ogni lato, irruppe una marea d'azioni scatenate, che si sovrapposero l'una all'altra. La grande boccia si frantumò in mille schegge dalle strane forme, e le pareti proiettarono ombre fosforescenti.

Sul bordo dell'abbaino e nel vano delle finestre, per uno strano processo di putrefazione, la dura pietra si cambiò in una massa tumida, come di esangui gengive degenerate, e quella putredine, con la rapidità delle fiamme guizzanti, estese la sua opera distruttrice, attaccando il tetto e le mura.

L'Adepto era balzato in piedi barcollando e, dopo aver afferrato in un accesso di follia un aguzzo coltello da sacrificio, se l'era cacciato nel petto.

Invano i discepoli si erano lanciati per fermarlo: la piaga profonda dalla quale stillava via la vita, non erano in grado di chiuderla.

Il radioso chiarore delle lampade elettriche trionfò di nuovo nella sala circolare dell'Osservatorio, e ragni, ombre, putrefazione, tutto svanì.

Ma la boccia era in frantumi, tracce visibili di bruciature coprivano il suolo, e il Maestro stava morendo dissanguato, sopra una stuoia. Invano cercarono il coltello da sacrificio. Sotto il telescopio, con le membra contratte, giaceva il cadavere di Mohini supino, e la sua faccia rivolta in alto, era contorta in una smorfia di terrore mortale.

Gli Adepti circondarono il giaciglio del Maestro, ma lui li

pregò dolcemente di non piangere: «Lasciate che vi parli, e non vi affliggete», disse. «Nessuno più trattiene la mia vita, e la mia anima è piena del desiderio di compiere quanto non poteva, finché era racchiusa nel corpo.

Non avete visto come il soffio della putrefazione del passato ha attraversato questa casa? Ancora un breve istante, ed esso si sarebbe concentrato, così come la nebbia si condensa in brina, e l'Osservatorio e tutto quanto esso contiene, con voi ed io, saremmo ora muffa e putredine.

Le tracce di bruciato, là sul suolo, sono prodotte dalle mani degli abitanti dell'Abisso, pieni d'odio, che hanno invano tentato d'afferrare la mia anima. E come le loro impronte sono qui impresse a fuoco nel legno e nella pietra, così anche tutta l'altra loro opera sarebbe divenuta visibile e duratura se non vi foste precipitati nel mezzo della lotta coraggiosamente.

Infatti, tutto ciò che è concreto sulla terra, come dicono gli stolti, prima è fantasma — non un fantasma visibile o invisibile — ma nient'altro che un fantasma "immobilizzato".

Perciò qualunque cosa, il Bello o l'Odioso, il Sublime, il Bene o il Male, la Serenità con la morte nascosta in cuore, o la Tristezza con la serenità nascosta in cuore tutto conserva sempre qualcosa del fantasma.

Se anche pochi nel mondo riescono a percepire il lato fantomatico, pure esso esiste continuo ed eterno.

È principio fondamentale della nostra Confraternita risalire le scoscese pareti della vita fino alla sommità del monte, ove sta il gigantesco Mago che con il suo specchio illusorio crea come per incanto il mondo laggiù, pieno di riflessi ingannatori!

Vedete: per questo mi sono sforzato di acquistare la più alta sapienza, per questo ho cercato un essere umano da uccidere, allo scopo di esaminarne l'anima. Ma volevo sacrificare un essere inutile sulla Terra; e mi mescolai fra la gente, fra gli uomini e le donne, pensando che sarebbe stato facile trovarlo.

Con la gioia della certezza, andai da avvocati, da medici, da militari; già l'avevo quasi afferrato fra i professori di un Liceo... quasi!

Ma soltanto quasi, perché c'era sempre su di loro un piccolo, spesso un piccolissimo segno segreto, e mi toccava lasciarli!

Ed ecco, venne il tempo in cui m'imbattei finalmente in quest'essere. Non in un essere solo, no, ma in tutta una serie.

Così, all'improvviso, ci si imbatte in un esercito di millepiedi, quando in cantina s'alza una vecchia pignatta dal suolo.»

«Le beghine!»

«Appunto! Ho tenuto d'occhio tutta una filza di beghine: le ho viste rendersi continuamente "utili": tenere riunioni per il progresso culturale dei domestici, fare delle orribili calze troppo grandi per i poveri bimbi negri che si godono la loro divina nudità, distribuire regole di buona condotta e guanti di cotone, e molestare noi, povera, travagliata umanità.

Suvvia, raccogliete pezzi di stagnola, sugheri vecchi, ritagli di carta, chiodi storti e altre porcherie, perché "niente vada perduto"!

Ma quando le vidi dedicarsi a procreare nuove società di missionari, e ad assottigliare, con lo spurgo di delucidazioni "morali" i misteri dei Sacri Libri, allora la coppa della mia collera fu colma.

Ne avevo già sotto il coltello una... una bestiola "tedesca" d'un biondo stoppa, prodotto genuino di un incrocio di sangue barbaro, quando mi accorsi che... era incinta, e l'antichissima legge di Mosè mi ordinò di fermarmi.

Ne trovai una seconda, una decima, una millesima, ma erano sempre... incinte!

Allora mi misi all'erta giorno e notte — come fa il cane coi gamberi — e così mi riuscì finalmente di prenderne una al momento buono, proprio quando finiva il parto.

Era una lepretta sassone coi capelli lisci e divisi, e degli occhi azzurri da oca.

Per nove mesi la tenni imprigionata per scrupolo di coscienza e per misura precauzionale, in modo che poi non avesse ad accadere qualcosa, o non avvenisse una specie di moltiplicazione verginale, come nei molluschi degli abissi marini, per "scissione" o cose del genere.

Nei momenti della sua prigionia, quando non era sorvegliata, ha scritto di nascosto un grosso volume: "Parole del cuore come dote per le fanciulle tedesche al loro ingresso nel novero delle persone adulte...''

Ma io mi sono accorto in tempo del libro, e l'ho subito bruciato in un fornello a gas!

Quando finalmente ero riuscito a separare la sua anima dal corpo, e a tenerla isolata nella grande boccia di cristallo, un giorno mi parve di sentire un odore di latte di capra andato a male e, prima che potessi rimettere in ordine l'oscillatore hertziano, che doveva essersi fermato un istante, la disgrazia era già accaduta e l'anima era sfuggita irreparabilmente.

Subito ricorsi ai più potenti mezzi d'attrazione: posi sul davanzale della finestra un paio di mutandine di fustagno rosa (marca di fabbrica ''Lama''), un raschiaschiena d'avorio, e persino un album da poesie in velluto azzurro con le borchie dorate; tutto invano!

Mi rivolsi, secondo le leggi della più occulta energia, all'azione magica esercitata a distanza; ancora invano!

Un'anima disincarnata è ben difficile da catturare!

Ora essa vive libera nell'universo, e insegna agli ingenui spiriti planetari l'arte infernale dei lavori femminili.

E oggi, persino attorno a Saturno... ha fatto un nuovo anello all'uncinetto!

Questo per me era troppo!

Ho considerato bene tutto, e mi sono torturato il cervello.

Restavano due sole vie: l'una, impiegare lo stimolo, era come Scilla; mentre l'altra, tralasciare lo stimolo, era Cariddi.

Voi ben conoscete la geniale dottrina del grande Giovanni Müller, che pressappoco suona così: quando si illumina la retina dell'occhio o la si preme, la si riscalda o la si elettrizza, o si esercita su di essa qualunque altro stimolo, ai diversi stimoli non rispondono mai le corrispondenti sensazioni di luce, di pressione, di calore e di elettricità, ma solo le impressioni visive; e, quando si illumina o si preme la pelle, la si calca o la si elettrizza, non risultano mai altre sensazioni fuorché quelle del tatto con tutte le loro conseguenze.

E questa legge inesorabile domina anche qui perché se sull'essenza d'una beghina agisce uno stimolo — qualunque esso sia — allora... lei lavora all'uncinetto e, se lo stimolo non esercita... — A questo punto la voce del Maestro divenne bassa e ultraterrena — allora... essa si moltiplica soltanto....»

Quindi l'Adepto ricadde esanime.

Axel Wijkander giunse le mani commosso:

«Preghiamo fratelli. Egli è entrato nel regno della pace; sia la sua anima beata in eterno!».

Le piante orribili

Vedi, quel piccolo bronzo nero là fra i candelieri? È l'origine di tutti gli strani casi che mi sono capitati negli ultimi anni.

Queste allucinazioni inquietanti che mi sottraggono la forza vitale, si saldano insieme come anelli di una catena che, se la seguo indietro nel passato, mi fa trovare sempre allo stesso punto di partenza: il bronzo.

Se anche cerco di mentire a me stesso, adducendo altre cause, ecco il bronzo ricomparire sempre come una pietra miliare sulla strada.

E dove questa strada possa condurre, se alla luce della conoscenza, o più oltre, al crescere continuo dell'orrore, io non voglio saperlo, e mi attacco solo alle brevi tregue che mi concede il destino fra una scossa e l'altra.

L'ho scavata a Tebe nella sabbia del deserto, questa statuetta, proprio per caso, col bastone e, non appena l'ebbi osservata con più attenzione, fui colto dalla morbosa curiosità di scoprire che cosa volesse esattamente rappresentare. Pure, non ho mai avuto una tale sete di conoscenza!

Cominciai a rivolgermi a tutti gli archeologi di cui sapevo, ma senza risultato.

Soltanto un vecchio mercante arabo parve sospettare di che si trattasse.

«È l'imitazione di un geroglifico egiziano», stabilì; e la posa particolare delle braccia nella figura, poteva significare un qualche sconosciuto stato d'estasi.

Portai con me il bronzo in Europa, e non passò quasi sera che non mi perdessi nelle più strane idee, pensando al suo misterioso significato.

Spesso provavo la segreta impressione di andar rovistando fra un qualcosa di velenoso, di maligno, che con torvo piacere si liberasse per mezzo mio dall'incanto che gli aveva sottratto la vita per attaccarsi dopo a me come una malattia inguaribile e diventare il cupo tiranno della mia esistenza. E un giorno, in una circostanza del tutto secondaria, l'idea che sciolse l'enigma mi passò per il capo con tale forza e così inaspettata, che ne rimasi scosso.

Simili idee, rapide come il baleno, sono meteore nella nostra vita mentale. Non sappiamo da dove provengono; vediamo soltanto la loro incandescenza e la loro caduta...

È quasi un senso di paura... poi... un leggero... ecco, come se qualcosa di estraneo... Ma cosa volevo dire? Scusa, vado soggetto a certe distrazioni curiose, dacché debbo tirarmi dietro la gamba sinistra paralizzata;... già, dunque, la risposta al mio fantasticare mi stava davanti improvvisamente, nuda e cruda: *Imitazione*!

E come se questa parola avesse sfondato una parete, l'onda della consapevolezza irruppe in me; ecco, *quella* sola è la chiave per tutti i misteri della nostra esistenza.

Una segreta, automatica, imitazione inconscia, incessante: ecco la guida nascosta di tutti gli esseri viventi!

Una guida onnipotente, misteriosa, un pilota con una maschera davanti al volto che, all'alba, in silenzio, entra nella barca della vita. Egli viene da quell'abisso dove debbono andare le nostre anime, quando l'ultimo sonno chiude le porte del giorno! E forse laggiù, nei baratri dell'esistenza incorporea, si drizza la figura di bronzo d'un Dèmone, che ci vuole simili a lui, che vuol farci diventare la sua immagine.

E questa *imitazione*! Questo breve appello da «chi sa dove», fu per me la via sulla quale m'incamminai subito. Assunsi la posa voluta, poi alzai le braccia sopra il capo, come la statua, abbassando le dita finché arrivai con le unghie a toccarmi la cervice.

Ma non accadde nulla.

Nessun mutamento né dentro né fuori.

Per non commettere il minimo sbaglio nella posa, guardai la figura con più attenzione, e mi accorsi che aveva gli occhi chiusi come se dormisse.

Ne sapevo abbastanza: interruppi la prova e aspettai che venisse la notte. Rimossi il tic-tac degli orologi, e mi sdraiai, riprendendo la posizione delle braccia e delle mani.

Trascorsero così alcuni minuti, ma non posso credere d'essermi addormentato.

All'improvviso, mi parve che salisse dal mio interno un rombo, come quando una grossa pietra rotola in basso.

E come se la mia coscienza gli precipitasse dietro per un'enorme scala, saltando due, quattro, otto, e sempre più gradini, la memoria rifaceva all'indietro il cammino della vita, e lo spettro della catalessi mi opprimeva.

Quello che accadde dopo, non lo dirò: nessuno lo può dire.

Si ride sentendo che gli Egiziani ed i Caldei devono aver conosciuto un segreto magico, posto sotto la guardia del serpente Uroburos, un segreto che non uno solo, fra migliaia di iniziati, avrebbe mai tradito.

A noi pare che non esista nessun giuramento capace di vincolare così strettamente.

Anch'io una volta ero di quest'avviso, ma in quell'istante capii tutto.

Nell'esperienza umana non vi è nessun caso in cui le percezioni si susseguono una all'altra, e nessun giuramento che leghi la lingua, ma basti il semplice pensiero di un segno di questa cosa al di qua, perché le vipere della vita già ti si avventino al cuore.

Per questo il grande segreto è taciuto: perché esso si tace da sé, e resterà un segreto finché il mondo durerà.

Ma tutto ciò non si riconnette che in modo secondario col colpo dal quale non posso più guarire. Anche se la sorte di un uomo muta strada, la sua coscienza oltrepassa solo un istante i limiti della conoscenza umana.

E di questo fatto, io sono un esempio vivente.

Dalla notte nella quale uscii dal mio corpo — non saprei come esprimermi diversamente — il corso della mia vita è cambiato, e il mio essere, prima così tranquillo, passa ora da un misterioso, raccapricciante avvenimento ad un altro, proteso verso qualche oscura meta sconosciuta.

È come se una mano diabolica mi accordasse, a intervalli sempre più brevi, delle tregue sempre più piccole, e immettesse nella mia esistenza degli spauracchi che si fanno più spaventosi di volta in volta.

Forse per produrre in me, piano piano e con la massima precauzione, un nuovo genere sconosciuto di pazzia, una forma di demenza di cui nessuno può accorgersi, che nessuno può sospettare dal di fuori, e della quale il paziente è conscio come un tormento indicibile.

Fin dai primi giorni, dopo quel tentativo col geroglifico, ebbi delle visioni, che ritenni dapprima delle forme allucinatorie; udivo, attraverso i soliti rumori, dei toni strani, sibilanti o stridenti, e vedevo balenare dei colori che non avevo mai conosciuto. Degli esseri misteriosi mi spuntavano davanti, non uditi né percepiti dagli uomini e, in una nebulosità vaga, compivano atti singolari ed inesplicabili.

Potevano cambiare forma, e all'improvviso restare distesi come morti, poi sdrucciolare di nuovo come dei lunghi fili bavosi giù per le grondaie, o accoccolarsi come sfiniti, in uno sbalordimento stupito, nell'oscurità dei vestiboli. Questo stato di sovreccitazione in me non è costante: cresce e cala come la luna.

Però, il continuo scemare del mio interesse per l'umanità, i cui desideri e le cui speranze non mi toccano più che come da una grande distanza, mi dice che la mia anima continua a viaggiare all'oscuro, lontana, molto lontana da tutto quanto è umano.

Prima mi lasciavo guidare dal bisbiglio dei presentimenti che mi riempivano: ora sono come un cavallo bardato, e debbo fare la strada che mi obbligano a percorrere.

Vedi, una notte mi sentii riscosso e spinto ad andarmene senza meta per le strade tranquille della *Kleinseite* attratto dall'impressione fantastica che producono le case medioevali.

C'è qualcosa di tanto sinistro in questo quartiere della città, come in nessun'altra parte del mondo.

Non c'è mai luce chiara, e mai notte completa.

Un qualche languido chiarore fosco viene chissà da dove, e trapela giù dal *Hradschin* sui tetti, come nebbia fosforescente.

Si gira l'angolo d'una strada, e non si vede che una cupa tenebra; ma ecco un improvviso raggio di luce spettrale, che dalla fessura d'una finestra s'infila nelle pupille come un lungo ago maligno.

Dalla nebbia emerge una casa, con le spalle demolite e la fronte che rientra, e dagli abbaini vuoti fissa smemorata il cielo notturno, come un animale morente.

Accanto, ne sporge un'altra, avida di sbirciare, col debole

bagliore delle finestre, laggiù in fondo al pozzo, se non ci sia dentro il bimbo dell'orefice, quello che affogò cent'anni fa. E, procedendo innanzi sul selciato irregolare, e guardandosi attorno all'improvviso, ci sarebbe da scommettere che un viso spugnoso, giallognolo, ci avesse fissati dall'angolo, non all'altezza delle spalle, no, ma giù, giù, dove soltanto i grossi cani potrebbero avere la testa...

Nessuno passava per le strade.

Dappertutto un silenzio di morte!

Gli antichissimi portoni chiudevano muti le labbra.

Piegai nella *Thunsche Gasse*, dov'è il palazzo della Contessa Morzin.

Ed ecco, nell'ombra, stava rannicchiata una piccola casa, larga appena due finestre. Era una costruzione tisica, maligna; là mi fermai, e provai i sintomi di un certo senso di sovreccitazione.

In tali casi, agisco repentinamente come sotto l'influsso d'una volontà estranea, senza sapere che cosa possa impormi l'attimo successivo.

Così, urtai allora contro la porta appena socchiusa e, traversato un andito, scesi una scala per andare giù in cantina, come se fossi di casa.

Una volta sotto, il freno invisibile che mi guidava come un animale in schiavitù si allentò di nuovo, e rimasi lì, nelle tenebre, con la penosa coscienza di un atto compiuto senza scopo.

Perché ero sceso giù, perché non mi ero proposto una buona volta di arrestare quelle assurde fantasie? Ero malato evidentemente, e mi rallegrai che non ci fosse altro in gioco: non certo la segreta mano misteriosa. Ma, un momento dopo, ebbi coscienza che avevo aperto le porte, che ero entrato in quella casa, e che ero sceso per la scala senza inciampare una sola volta, proprio come chi è pratico di tutto; e la speranza si allontanò subito.

Poco per volta, i miei occhi si abituarono alle tenebre, e mi guardai in giro.

Là, su un gradino della scala che portava in cantina, c'era seduto qualcuno. Come mai non lo avevo sfiorato nel passare?

Vedevo la figura tutta ripiegata su di sé, perduta nell'oscurità.

Una barba nera scendeva sopra un petto scoperto. Anche le sue braccia erano nude.

Soltanto le gambe parevano stare dentro un paio di calzoni, o avvolte in un panno.

Le sue mani avevano qualcosa di spaventoso nella loro posizione; erano storte in modo straordinario, quasi ad angolo retto con le articolazioni.

Lo fissai a lungo.

Era di una immobilità così cadaverica da dare l'impressione che i suoi contorni si fossero incavati nello sfondo cupo, e dovessero rimanere così fino al crollo totale della casa.

Rabbrividii di raccapriccio ed avanzai strisciando verso l'angolo del corridoio.

Capitandomi d'urtare contro il muro, sentii sotto la mano una spalliera di legno scheggiata, di quelle in uso per sostenere le piante rampicanti. E ne dovevano crescere in gran quantità, poiché restai quasi impigliato in una rete di tralci.

Lo strano era che quelle piante, o ciò che altro fossero, facevano l'effetto di essere calde d'una vita esuberante, e soprattutto, toccandole, davano l'impressione di una forte animalità.

Stesi ancora la mano e la ritrassi pieno di spavento; questa volta avevo toccato un oggetto sferico grosso come una noce, freddo al tocco, e che balzò via subito. Era forse uno scarafaggio?

In quel momento, brillò una luce non so dove, e rischiarò per un secondo la parete davanti a me.

Ogni fibra del mio corpo fremette di un indescrivibile orrore, al grido muto delle mie corde vocali paralizzate che passavano attraverso tutto l'essere come un freddo glaciale.

Il muro, fino al tetto, era coperto d'un graticcio di vene rosso sangue, dal quale, come bacche, spuntavano migliaia d'occhi spalancati.

Quello che avevo appena toccato, saltava ancora a scatti di qua e di là, sbirciandomi malignamente.

Temetti di svenire, e feci a precipizio due o tre passi avanti nelle tenebre; una nuvola di profumi, che avevano qualcosa di grasso, di terra vegetale, come di funghi e di *ailanthus*, mi soffiò in faccia.

Le ginocchia mi tremavano e brancolavo freneticamente.

Quand'ecco, davanti a me brillò come un piccolo occhio ardente. Era il lucignolo semispento di una lampada a olio, che l'istante dopo emise ancora un bagliore.

Vi balzai sopra e tirai su il lucignolo con dita tremanti, così da salvare una fiammella fuligginosa. Poi mi voltai con uno scatto tendendo innanzi la lampada in atto di difesa.

Il luogo era deserto.

Sulla tavola su cui stava la lampada, c'era un oggetto ovale, scintillante.

La mia mano si tese verso di esso come verso un'arma. Ma era soltanto una cosa leggera, ruvida, quella che afferrai.

Nulla si mosse, e trassi un sospiro di sollievo.

Con precauzione, per non spegnere la fiamma, proiettai la luce lungo i muri. Ovunque vi erano le stesse spalliere di legno, le quali, come adesso distinguevo benissimo, erano avviticchiate dalle vene, attaccate l'una all'altra in modo visibile, e nelle quali pulsava il sangue.

In mezzo, c'era un raccapricciante brillare di innumerevoli globi oculari, che germogliavano alternati ad orribili bulbi roviformi e mi seguivano lentamente con lo sguardo, mentre avanzavo. Erano occhi di tutte le dimensioni e di tutti i colori. Dall'iride che brillava chiara, fino all'occhio turchino pallido dei cavalli morti, che guardava immobile in su.

Molti, divenuti grinzosi e neri, sembravano bacche disseccate di Belladonna.

I tronchi principali delle vene si arrampicavano da fiale ripiene di sangue, traendone, in virtù di qualche procedimento sconosciuto, il loro succo.

Urtai contro scodelle piene di pezzi di grasso bianchiccio da cui spuntavano delle amanite coperte di pelle vitrea: funghi di carne rossa, che ad ogni contatto sussultavano.

E l'impressione che dava tutto quell'insieme era che si trattasse di parti asportate da corpi vivi, collegate tra loro con un procedimento sconosciuto, private del soffio umano, e ridotte ad un puro sviluppo vegetale.

Che in loro ci fosse della vita, lo riconoscevo chiaramente quando avvicinavo il lume agli occhi e vedevo l'immediata contrazione delle pupille.

Chi mai poteva essere il diabolico giardiniere che coltivava quelle specie orrende!

Mi ricordai dell'uomo sulla scala della cantina.

Istintivamente infilai la mano in tasca per cercare qualche arma, e sentii l'oggetto screpolato che ci avevo messo. Brillava fosco e squamoso: una pigna fatta di rosee unghie umane!

La lasciai cadere piena di raccapriccio, e strinsi i denti: ma continuai ad andare avanti, in modo che l'uomo della scala non si svegliasse e non mi piombasse addosso!

E già gli ero vicino e volevo precipitarmi su di lui, quando vidi che era morto: era cereo.

Aveva le unghie delle mani slogate, strappate. Dei piccoli tagli sul petto e sulle tempie mostravano che era stato sezionato.

Volli oltrapassarlo, e credo d'averlo sfiorato con la mano. Nello stesso istante, egli parve balzare per due gradini giù verso di me, poi si eresse improvvisamente, le braccia piegate in su, le mani in cima alla testa.

Era la stessa posizione del geroglifico egiziano, *la stessa posizione*!

D'altro, so soltanto questo: che la lampada andò in pezzi, che spalancai la porta di casa e sentii il Dèmone della catalessi prendere fra le sue fredde dita il mio cuore tumultuante...

Dopo, nel dormiveglia, riuscii a raccapezzare qualcosa... l'uomo doveva essere stato appeso per i gomiti con delle corde e, cascando giù dai gradini, il suo corpo aveva potuto riprendere la sua posizione diritta... Poi... poi qualcuno mi scosse. «Lei deve venire dal Commissario...», udii dire.

Entrai in una stanza male illuminata, con delle pipe appoggiate alla parete, ed un mantello d'uniforme che pendeva da un piolo... Era un ufficio di Polizia.

Un poliziotto mi sosteneva.

Il Commissario stava davanti ad una tavola e guardava sempre lontano da me.

Mormorò: «Avete preso nota delle sue generalità?».

«Aveva dei biglietti da visita: glieli abbiamo tolti», sentii rispondere dal poliziotto.

«Che faceva lei nella *Thunschen Gasse*, davanti a un portone aperto?», mi chiese.

Vi fu una lunga pausa.

«Parlo con lei!», disse il poliziotto, e mi dette uno scrollone.

Balbettai qualcosa circa un omicidio in una cantina della *Thunschen Gasse*...

Il Commissario continuò a guardare lontano da me e fece un lungo discorso.

Sentii soltanto: «Ma le pare! Il dottor Cindarella è un grande scienziato, un egittologo, e coltiva molte piante che si nutrono di carne: *Nepente, Droseria* o cose simili, credo, non so... Di notte lei dovrebbe stare a casa».

Allora si aprì una porta alle mie spalle; mi voltai, ed ecco lì un uomo alto con un becco d'airone, un Anubis egiziano.

Un velo mi scese davanti agli occhi: l'Anubis fece un inchino al Commissario, si recò da lui, e mi mormorò all'orecchio: «Dottor Cindarella...»

Dottor Cindarella!

Allora, qualcosa di importante proveniente dal passato mi colpì, qualcosa che subito mi passò di mente.

Quando guardai di nuovo l'Anubis, era diventato uno scrivano che aveva soltanto la tipologia da uccello, e vidi che mi consegnava i miei biglietti da visita su cui stava scritto: «Dottor Cindarella».

Il Commissario all'improvviso mi guardò in faccia e disse: «È proprio lei. Di notte dovrebbe rimanere a casa».

Lo scrivano mi condusse fuori e, nel passare, sfiorai il mantello dell'uniforme attaccato alla parete. Quando ricadde lentamente, rimase appeso per le maniche.

La sua ombra sul muro imbiancato a calce teneva le braccia alzate sul capo, e vidi che voleva goffamente imitare la posa della statuetta egiziana.

Vedi: questo fu l'ultimo caso che mi capitò tre settimane fa. Ma, dopo d'allora, sono paralizzato: ho metà della faccia immobile ora, e trascino la gamba sinistra.

Invano ho cercato la piccola casa, e al Commissariato nessuno sa nulla di quella notte.

Danza macabra

Lord Disperati mi aveva invitato a sedere alla sua tavola, per presentarmi agli altri signori.

Era passata mezzanotte da un pezzo, e la maggior parte dei nomi ora mi sfuggono.

Il Dottor Tremarella lo conoscevo già.

«Lei se ne sta da solo, che peccato!», aveva detto scuotendomi energicamente la mano. «Perché se ne sta sempre solo?»

Non si era bevuto molto, eppure eravamo sotto l'effetto di quella leggera ebbrezza che ci fa sentire molte parole solo come provenienti da lontano, l'ebbrezza che portano le ore notturne, quando si è circondati dal fumo delle sigarette, da risate muliebri e da canzoni.

Come mai da un tale ambiente da Cancan, da una tale atmosfera di musica tzigana, di Cake-Walk e di champagne, poté venir fuori una conversazione su argomenti fantastici? Lord Disperati stava raccontando qualcosa...

Raccontava di una Confraternita, che esisterebbe davvero di uomini — o per meglio dire di morti o di gente che sembra morta — gente della migliore società che, a dire dei vivi, è defunta da un pezzo, e possiede persino nel cimitero delle lapidi mortuarie e delle tombe con la data della morte, ma che giace invece in uno stato di catalessi cronica da anni, dentro delle casse in chissà quale posto della città — nell'interno d'una casa antica, vegliata da un servo gobbo che indossa scarpe a fibbia ed una parrucca incipriata, che si chiama Aronne lo Sfregiato — insensibile, ed immune dalla putrefazione. Certe notti, sulle loro labbra appare una languida luce fosforescente e, a questo segnale, lo storpio inizia una pratica misteriosa sulla vertebra cervicale di questo strano tipo di morti. Così stava dicendo.

Allora, le loro anime possono andare in giro liberamente — sciolte per breve tempo, dal corpo — e abbandonarsi ai vizi della grande metropoli, ma con una intensità, con un'avidità tale, che supera l'immaginazione anche dei più raffinati.

Fra le altre cose, si attaccano come vampiri, con la tenacia delle sanguisughe, ai corpi che precipitano di vizio in vizio e si arricchiscono a spese dell'eccitazione nervosa sottratta alle masse. Questa Confraternita, che del resto risponde al curioso nome di Amanita, ha persino le sue regole e i suoi statuti, e norme rigorose per l'ammissione dei nuovi soci. Ma su tutto ciò si stende il velo di un mistero impenetrabile.

Non riuscii più a sentire la fine di quel discorso di Lord Disperati, per l'interruzione troppo rumorosa dei musicisti, con la canzonetta:

Sì, per me Cla-ra
è la più ra-ra
Trala, trala, trala,
tra-lalala-là.

I grotteschi movimenti di una coppia di mulatti, che ballavano accompagnati da quella musica una specie di cancan negro, tutto serviva ad aumentare indicibilmente il sinistro influsso che la narrazione aveva esercitato su di me.

In quel locale notturno, fra sgualdrine imbellettate, camerieri ben pettinati e cavallerizzi con ferri da cavallo con dei brillanti, tutto quell'insieme di impressioni divenne qualcosa di lacunoso, e si fissò nei miei sensi simile ad una orribile caricatura semiviva.

Come quando il tempo, nei momenti in cui non vi si bada, fa improvvisamente un rapido passo silenzioso, le ore della nostra ebbrezza si riducono a secondi, elevandosi come scintille nell'anima, per illuminare un groviglio malaticcio di sogni curiosi avvolti da pensieri confusi, sia del passato che del futuro.

Così, io odo ancora tra le brume dei ricordi sorgere una voce: «*Dovremmo scrivere un biglietto alla Confraternita Amanita*».

Da quanto posso ora dedurre, il discorso deve aver continuato ad aggirarsi sempre sullo stesso tema.

E, in mezzo a tutto ciò, mi balenano alla mente frammenti

di piccole osservazioni, come la rottura d'un bicchierino, un fischio, poi una francese che mi sta seduta sulle ginocchia, mi bacia, mi soffia in bocca il fumo della sigaretta e mi caccia in un orecchio la punta della lingua. Dopo, mi spingono ancora davanti un biglietto pieno di svolazzi, che devo firmare, e la matita mi cade di mano... e poi la cosa ricomincia a non andare, perché la *cocotte* mi ha rovesciato un bicchiere di champagne sul polsino.

Di questo solo ho un chiaro ricordo: che l'ebbrezza ci abbandonò tutti di colpo, e che ci mettemmo a cercare in tasca, sopra e sotto la tavola il biglietto che Lord Disperati voleva riavere a tutti i costi, ma che era sparito senza lasciare traccia.

Sì, per me Cla-ra
è la più ra-ra...

strideva il ritornello dei violini, immergendo di nuovo la nostra consapevolezza in una notte profonda.

Quando aprimmo gli occhi, ci parve di essere sdraiati sopra uno spesso tappeto di velluto nero, sul quale risaltavano soltanto dei fiori isolati color rosso rubino.

«Io voglio qualcosa da mangiare», sentii che diceva uno: «Che... che cosa?... Caviale... Sciocchezze! Portatemi... portatemi... ebbene... portatemi dei funghi in conserva».

E tutti noi mangiammo dei funghi acidi, nuotanti con un'erba aromatica in un liquido filamentoso, chiaro come l'acqua.

Sì, per me Cla-ra
è la più ra-ra,
trala, trala, trala,
tra-lalala-là.

Allora, all'improvviso, ecco sedersi alla nostra tavola uno strano acrobata con una maglia larga e floscia, e alla sua destra un gobbo mascherato con una parrucca di lino bianca.

Vicino a lui c'era una donna, e tutti ridevano.

Come mai era entrato, con... quegli altri? Mi guardai in giro: ma non c'era più nessuno nella sala, tranne noi.

Ah mà, pensavo fra me, *Ah, mà*.

Era una tavola molto lunga, quella alla quale eravamo seduti, e la maggior parte della tovaglia riluceva bianca, priva di piatti e bicchieri.

«Monsieur Muscario, ci balli dunque qualche cosa», disse uno dei signori, e batté sulla spalla dell'acrobata.

Sono in confidenza fra loro, andavo fantasticando, *pro... probabilmente è già qui da un pezzo, il... il... quello della maglia*.

E poi guardai il gobbo alla sua destra, e i suoi occhi incontrarono i miei. Indossava una maschera verniciata di bianco e un giubbetto scolorito verde chiaro, tutto lacero e pieno zeppo di macchie.

Uno della strada!

Quando rideva, pareva lo stridere di una raganella.

«*Crotalus! Crotalus horridus!*» Queste parole mi tornarono in mente dai tempi che frequentavo la scuola; non ne sapevo più il significato, ma inorridii mentre lo mormoravo a bassa voce.

Allora sentii, sotto la tavola, le dita della giovane stringermi il ginocchio.

«Mi chiamo Albina Veratrina», bisbigliò esitando, come se volesse confidarmi un segreto, mentre le afferravo la mano.

Mi si strinse addosso ed io avevo il vago ricordo che una volta mi aveva versato un bicchiere di champagne sul polsino... I suoi vestiti diffondevano un odore penetrante, che faceva quasi starnutire quando si muoveva.

«Naturalmente si chiamava *Elleboro*... la signorina Elleboro, sapete?», disse il Dottor Tremarella.

A questo punto, l'acrobata fece una breve risata, la guardò, e scosse le spalle come se volesse dire qualcosa per scusarla.

Io provavo un vero disgusto per lui; aveva sul collo delle ghiandole come un tacchino ma rugose, tutt'intorno alla gola, e pallide.

E la sua maglia scolorita color carne gli ciondolava addosso dall'alto in basso, perché era stretto di petto e magro. Portava in testa un berretto piatto rosso chiaro con dei *pompons* bianchi e bottoni. Si era alzato, e ora stava ballando con una che aveva intorno al collo una catena di bacche screziate.

Sono entrate delle altre donne? chiesi con gli occhi a Lord Disperati.

«È Ignazia... mia sorella», disse Albina Veratrina e, nel dire la parola «sorella», mi sbirciò con la coda dell'occhio, prorompendo in una risata isterica.

Poi, all'improvviso, mi mostrò la lingua, ed io vidi che nel mezzo vi era una lunga striscia rossa, asciutta, e ne ebbi orrore.

Pare un sintomo d'avvelenamento, pensai fra me. *Perché ha quella striscia rossa? Pare un sintomo d'avvelenamento.*

Di nuovo sentii, come da molto lontano, la musica:

Sì, per me Cla-ra
è la più ra-ra...

ed ebbi l'impressione, mentre tenevo gli occhi chiusi, che tutti muovessero la testa in accompagnamento...

Pare un sintomo d'avvelenamento, pensai, continuando a vaneggiare, e mi risvegliai con un brivido.

Il gobbo col farsetto verde macchiato teneva una sgualdrinella sulle ginocchia e le strappava il vestito con degli scatti delle mani adunche, come preso dal Ballo di San Vito o come se volesse accompagnare il ritmo di una musica che solo lui udiva.

Poi il Dottor Tremarella le sciolse i lacci sulle spalle.

«Fra secondo e secondo c'è sempre un limite che non è nel tempo, ma solo pensato. Sono quasi come le maglie d'una rete — sentivo dire dal gobbo — questi limiti: sommati, non formano ancora nessun tempo, ma pure noi li pensiamo una volta, ancora una volta, e poi ancora una, una quarta...

Quando viviamo soltanto in questi confini di tempo e dimentichiamo i minuti e i secondi, e non ne sappiamo più nulla, allora siamo morti, viviamo la morte.

Voi vivete cinquant'anni, ma dieci li ruba la scuola: ne restano quaranta.

Venti li divora il sonno: ne restano altri venti.

Dieci sono di affanni: il che fa dieci.

Cinque sono di pioggia: ne restano cinque.

Di questi, quattro li passate a temere il domani, e quindi vivete un solo anno... forse!

Perché non volete morire?!

La morte è bella.

Là vi è pace, sempre pace.

E nessuna preoccupazione per il domani.

Là vi è il tacito presente, che voi non conoscete, là non c'è né prima né dopo.

Là vi è il tacito presente, che voi non conoscete! Sono le maglie intermedie tra secondo e secondo nella rete del tempo.»

Le parole del gobbo mi cantavano nel cuore e, quando alzai gli occhi, vidi che alla ragazza era caduta la camicia e che sedeva nuda sul suo grembo. Non aveva seno, non aveva corpo, ma solo una nebbia fosforescente dalle clavicole alle anche.

Lui cacciava le dita nella nebbia e quella mormorava come un contrabbasso mentre cadevano fuori con grande strepito dei residui calcarei... Così era la morte — mi pareva — simile ad una concrezione residua.

Allora, la bianca tovaglia si sollevò lentamente nel mezzo come una grossa vescica, poi vi fu un gelido colpo di vento che disperse la nebbia. Delle corde scintillanti vennero alla luce e si avvolsero dalle clavicole della sgualdrina fino alle anche. Era un essere, mezzo arpa e mezzo donna!

Egli vi suonò sopra — a quanto mi parve — un canto di lussuria e di morte, che finì in un inno singolare:

In dolore si muta il piacere,
Non in bene, no certo... no certo!
Chi ricerca, chi sceglie il piacere,
quegli sceglie e ricerca il dolore:
chi mai cerca, mai sceglie il piacere,
chi mai non sceglie, non cerca il dolore.

Nell'udire quelle strofe fui preso dalla nostalgia della morte, ed anelai di morire.

Ma nel mio cuore si affacciò la vita... un istinto più oscuro. E morte e vita si fronteggiavano minacciosi: era la catalessi.

Il mio occhio era immobile: l'acrobata si piegò su di me, ed io vidi la sua maglia ciondoloni, il collarino, il cappello rosso che aveva in testa.

«Catalessi», volevo balbettare, ma non potevo.

Mentre andava dall'uno all'altro e li guardava spiandoli in viso, io capii: eravamo paralizzati, e lui sembrava un ovolaccio.

Abbiamo mangiato dei funghi velenosi insieme con del *Veratrum Album*, l'erba del bianco Elleboro.

Tutte quelle erano immagini di sogno!

Volevo gridarlo forte, ma non ci riuscivo.

Il gobbo con la maschera verniciata di bianco si alzò piano piano e gli altri lo seguirono mettendosi in fila silenziosamente due per due.

L'acrobata con la francese, il gobbo con l'arpa umana, Ignazia con Albina Veratrina... E così, battendo i tacchi a passo di Cake-Walk, penetrarono a due per volta, nella parete.

Ancora una volta, Albina Veratrina si voltò verso di me e mi indirizzò una mossa sconcia.

Volevo girare gli occhi di lato o chiudere le palpebre, ma non potevo: mi toccava sempre vedere l'orologio che pendeva dalla parete, e le sue lancette, che quasi dita di ladri, si muovevano piano piano sul quadrante.

Vicino mi risuonava negli orecchi lo sfacciato ritornello:

> Sì, per me Cla-ra
> è la più ra-ra.
> Trala, trala, trala,
> Tra-lalala-là.

e, come un basso ostinato, mi sentivo predicare nell'interno:

> In dolore si muta il piacere
> chi mai cerca, mai sceglie il piacere,
> chi mai non sceglie, non cerca il dolore.

Guarii da quell'avvelenamento dopo molto, molto tempo, ma gli altri sono tutti sottoterra. Quando arrivarono i soccorsi, mi fu detto che non era più possibile salvarli.

Ma io sospetto che, quando li seppellirono, fossero solo apparentemente morti, anche se il dottore afferma che gli ovolacci non producono la catalessi, e che altra cosa è l'avvelenamento coi muscari.

Io sospetto veramente che, quando li seppellirono, fossero solo apparentemente morti, e non posso non pensare inorridendo alla Confraternita Amanita, ed allo spettrale servo gobbo Aronne dalla maschera bianca.

Indice

Tascabili Economici Newton, sezione dei Paperbacks
Pubblicazione settimanale, 30 ottobre 1993
Direttore responsabile: G. A. Cibotto
Registrazione del Tribunale di Roma n. 16024 del 27 agosto 1975
Fotocomposizione: GI Grafica Internazionale, Roma
Stampato per conto della Newton Compton editori s.r.l. Roma
presso la Rotolito Lombarda S.p.A., Pioltello (MI)
Distribuzione nazionale per le edicole: A. Pieroni s.r.l.
Viale Vittorio Veneto 28 - 20214 Milano - telefono 02- 29000221
telex 332379 PIERON I - telefax 02- 6597865
Consulenza diffusionale: Eagle Press s.r.l., Roma